Holzfeuermärchen

Hilaire Mbakop

Holzfeuermärchen

Re Di Roma-Verlag

Bibliografische Information der Deutschen Nationalbibliothek:
Die Deutsche Nationalbibliothek verzeichnet diese Publikation in der Deutschen Nationalbibliografie; detaillierte bibliografische Daten sind im Internet über http://dnb.ddb.de abrufbar.

ISBN 978-3-86870-261-3

Umschlagillustration: freeday / photocase.com

www.rediroma-verlag.de
12,50 Euro (D)

Inhaltsverzeichnis

Vorwort

Die vorliegenden Märchen habe ich in dem Zeitraum vom 10. April bis 31. Mai 2007 in Batoum gesammelt. Es ist ein Dorf, das im Bangangté-Arrondissement liegt. Die Märchen wurden, mit Ausnahme von vier[1] davon, auf Medúmbà erzählt, der Muttersprache der Mehrheit der in Ndé lebenden Menschen. Ndé ist ein in Westkamerun liegender Verwaltungsbezirk.
Schon als Grundschüler lernte ich viele Märchen von den Kameraden und den Erwachsenen. Während der großen Ferien –es war zugleich die Erntezeit–, saßen die Familien abends am Feuer und trugen Märchen vor, während sie gerösteten Mais mit gekochten Erdnüssen aßen.
Damals besaßen die wenigsten Bürger ein Fernseh- oder Radiogerät. Heute drohen diese mündlich überlieferten Geschichten zu verschwinden. Ich habe sie schriftlich fixiert, damit sie allen zugänglich werden, da sie bislang fast nur innerhalb einer bestimmten Sprachgemeinschaft erzählt wurden. Gleichzeitig gibt die Schriftform die Garantie, dass dieses Kulturgut in der Nachwelt fortleben wird.
Bei der Sammlung von Märchen brauchte ich keinen Dolmetscher, da Medúmbà meine Muttersprache ist. Ich ging einfach von Viertel zu Viertel. Manche Erzähler fand ich zu Hause, manche in den traditionellen Kneipen. Vor allem Männer pflegten diese Lokale zu besu-

[1] Es handelt sich um folgende Märchen: „Der Schwache und der Starke“, „Der Panter, der Feldhase und der Löwe“, „Zwei Diebe“, „Die Hyäne und der Feldhase.“ Sie wurden nämlich von einem in Batoum ansässigen Bamouner vorgetragen.

chen. Viele von den Märchen, die ich hörte, versetzten mich in meine Kindheit zurück. An einige hatte ich nur noch eine vage Erinnerung. Es gab Erzähler, die Improvisationstalent an den Tag legten, denn es fiel mir oft auf, dass sie an einigen Stellen eine Brücke schlagen mussten, um das Vergessene zu ersetzen.

Ab und dann hörte ich eine Geschichte, die einer anderen ähnelte, die ich schon irgendwo gehört hatte. Es bedurfte der Kreativität, um bestimmte Geschichten spannender zu machen. Ein Beispiel sei genannt: „Das Waisenkind und das Ungeheuer" habe ich aus Teilen von zwei Märchen montiert.

Ich erachte es für notwendig, ein Wort über bestimmte Figuren der von mir gesammelten Texte zu sagen. Darunter gibt es neun, wo der Hase auftritt. In drei davon geht ihm der Panter in die Falle, nämlich in „Der Panter und der Feldhase", „Der Panter, der Feldhase und der Löwe" sowie „Die Hyäne und der Feldhase." Auch gegenüber vielen anderen Figuren erweist sich der Hase als ein schlaues Tier. Doch in „Die Schildkröte, der Löwe und der Flusskrebs" wird er von den Jägern erlegt, ohne dass er eine entscheidende Rolle gespielt hätte.

Wie der Hase ist die Schildkröte ein einfallsreicher Charakter. Letztere greift ebenfalls zur List, um sich aus der Affäre zu ziehen. Ihren Freunden ist sie eine gute Ratgeberin. In diesem Buch erschient sie ebenfalls in neun Märchen. Mit Ausnahme von „Die Schildkröte und der Feldhase", wo sie wegen ihrer Langsamkeit dem Buschfeuer zum Opfer fällt, befindet sie sich am Ende immer auf der Seite der Gewinner.

In der traditionellen Gerichtsbarkeit Bangangtés nimmt

die Schildkröte nach wie vor eine Schlüsselposition ein. Der Häuptling und seine Räte ziehen sie zur Gerichtsverhandlung heran, wenn die mutmaßlichen Schuldigen die Tat abstreiten. Das Reptil mit dem Panzer wird vor die Angeklagten gestellt. Es nimmt jeden von ihnen in Augenschein. Falls der Schuldige anwesend ist, kriecht es zu ihm hin.

In vier Märchen bedient man sich eher des Wassers, um den Lügner oder den Mörder herauszufinden. Ob in einem Utensil, ob in seinem Bett, es dient der Wahrheitsfindung. Die Insekten benutzen es, um sich an der Bäuerin zu rächen, die ihnen die Krümel der Jamswurzel nicht gelassen hat.

In den Dörfern der Gegenden, wo Medúmbà gesprochen wird, ist es immer noch üblich, vor dem Essen eine Hand voll Speise in das kleine Feld zu streuen, das sich neben bzw. hinter dem Haus befindet. Denn die Leute von dort glauben, dass die schützenden Geister und Gottheiten in der Natur leben. Indem man ihnen vom Gericht gibt, stimmt man sie versöhnlich. Beim Streuen sagt man konkret: „Nehmt, nehmt!“

Die Märchen „Das Landhaus“ und „Der Pilzsammler“ heben zwei Elemente hervor, die im vorkolonialen Afrika existierten, nämlich die Sklaverei und die Todesstrafe. Der Stammeshäuptling hatte das Recht, fernen Dörfern die Untertanen zu verkaufen, die das Gesetz verletzten. Und wenn jemand etwas besaß, das besser war als das des Häuptlings, wurde das als Sakrileg betrachtet, dem Betroffenen drohte die Todesstrafe. In dem erstgenannten Text entzieht sich der Städter der Verhaftung dank des Verrats einer Frau des

Häuptlings, in dem zweiten greift der Pilzsammler zu einer List, um der Strafe zu entgehen.

Es ist auch wichtig, die Moral von einigen Märchen herauszustellen. „Kuali Ngun und das Gespenst“, „Das Mädchen und der Mann im Anzug“ sowie „Susanne und Heinrich“ lehren, dass man unangenehme Erfahrungen erleben kann, wenn man den Menschen nach dem Aussehen beurteilt. Die Geschichte „Der alte Mann und seine drei Söhne“ zeigt Folgendes: Es gebricht den älteren Menschen an Kraft, dafür sind sie reich an Erfahrungen.

Ich bedanke mich bei allen Männern, Frauen und Kindern, die mir die vorliegenden Märchen erzählt haben. Es gab Dörfler, die zwar keine Geschichten wussten, die mir aber die Adressen von einigen Märchenerzählern gaben. Ihnen bin ich auch dankbar.

Der Herausgeber

Die Mutter und ihre sieben Kinder

Es war einmal eine Mutter, die sieben Kinder hatte. Eines Tages kochte sie Reis, trug den Topf in ein Zimmer, zählte die Körner und ging zu einer Versammlung. Als sie nach Hause kam, stellte sie zu ihrer großen Enttäuschung fest, dass man den Reis aufgegessen hatte. Sie fragte ihre Kinder, ob sie Reis gegessen haben, während sie weg war. Da alle sieben leugneten, sagte ihnen die zornige Frau, dass jedes von ihnen den Dorffluss überqueren sollte. Sie brachte sie sofort dorthin. Dort setzten sie sich ans Ufer. Die Mutter forderte zuerst das älteste Kind auf, über die Holzbrücke zu gehen. Es stand auf. Beim Passieren der Brücke sang es: „Ich bin nicht derjenige, der das Essen gestohlen hat, aha chitchap nanga oh, Mama le“, und erreichte das andere Ufer. Nach ihm sangen und überquerten fünf seiner Geschwister auch problemlos den Fluss. Nun kam das jüngste Kind an die Reihe. Beim Überqueren der Brücke fiel es ins Wasser. So kam die Wahrheit ans Licht. Jetzt wusste die Mutter, dass ihr siebtes Kind den ganzen Reis allein aufgegessen hatte. Mit den sechs Unschuldigen ging sie nach Hause zurück.

Am darauf folgenden Tag ging eine andere Frau zum selben Fluss, um Jamswurzeln zu waschen. Als sie mit der Arbeit fertig wurde, las sie ein Stück dürres Holz auf, das auf dem Wasser schwamm, legte es auf den Korb voller Jamswurzeln und machte sich auf den Heimweg. Als sie unterwegs über einen Stein stolperte, hörte sie eine Stimme ihr sagen: „Es tut mir Leid!“ Sie blickte umher, sah aber niemanden. Sie war erstaunt. Natürlich wusste sie nicht, dass es das Stück Holz war, das zu ihr gesprochen hatte. Das Kind, das am Vortag ins Wasser gefallen war, hatte sich in der Nacht in ein dürres Holz verwandelt. Da die Frau Angst bekam, beschleunigte sie ihre Schritte.

Bald kam sie zu Hause an. Sie stellte die Jamswurzeln aufs Feuer. Eine halbe Stunde später war das Essen gar. Die Frau servierte ihre kleine Tochter und ging aus der Küche. Es war ihr einziges Kind. Beim Essen sah das Mädchen plötzlich das halb verbrannte Stück Holz sich an der Feuerstelle leicht bewegen und bitten: „Ich sterbe vor Hunger! Kannst du mir vom Gericht geben?" Das Mädchen, über das sprechende Holzstück entsetzt, rannte hinaus und erzählte seiner Mutter alles. Als Letztere die Küche betrat, wiederholte das Stück Holz dieselben Sätze. Die Frau begab sich erneut hinaus und wartete dort mit der Tochter, bis der Vater von der Jagd kam. Man informierte ihn über das seltsame Holz. Diese Geschichte hielt er zunächst für erfunden. Aber als er in die Küche hineinging, sagte das Holz zu ihm: „Ich sterbe vor Hunger! Kannst du mir vom Gericht geben?" Daraufhin nahm er das Holzstück aus der Feuerstelle und warf es in die Latrine, die hinter dem Haus lag und nichts anderes war als eine Grube, über die sich ein paar Dattelpalmenstämme spannten.

Am nächsten Morgen suchte die Tochter die Toilette auf und wollte pinkeln. Da hörte sie das Holz in der Grube schreien: „Uriniere nicht auf meinen Kopf! Uriniere nicht auf meinen Kopf!" Das Mädchen beherrschte sich, lief ins Haus hinein und informierte seine Eltern. Diese gingen nacheinander zur Latrine und hörten auch die warnende Stimme des dürren Holzes. Der Vater, ohne zu zögern, holte eine Schaufel aus dem Haus, entfernte die Stämme von der Grube und schüttete sie zu. Jetzt war der Störenfried begraben. Am selben Tag hob der Vater eine andere Latrine aus. Seine Familie hatte endlich wieder ihren Frieden.

Der Feldhase und der König der Tiere

Der Löwe besaß einen Feldhasen, der ihm zu Diensten stand. Wenn Letzterer Wasser holen ging, wartete er am Flussufer und sang:
„Eines Tages führte ich den König hinters Licht und er tötete seine Mutter. Ich dagegen tötete eher ein anderes Tier, er sah das Blut im Wasser und glaubte, es sei das meiner Mutter."
Jedes Mal, wenn Mutter Häsin ihr Kleines so singen hörte, kam sie aus ihrem Bau heraus und fütterte es. Es wunderte den Löwen, dass der Hase immer mit einem dickeren Bauch zurückkam.
„Was frisst du immer so, wenn du zum Fluss gehst?", pflegte ihn der König zu fragen.
„Die roten Früchte der Waisen", antwortete der Feldhase.
Eines Morgens schickte der Löwe den Hasen zum Fluss und folgte ihm unauffällig. Unweit des Flusses versteckte er sich im Gras und beobachtete seinen Diener. Letzterer sang das übliche Lied, das Muttertier erkannte ihn an der Stimme, sprang aus dem Loch heraus und fütterte ihn. Während die beiden Hasen sich unterhielten, kehrte der Löwe in den Palast zurück. Er beschloss, die Mutter des Hasen umzubringen, und zwar aus zwei Gründen: Einerseits wollte er sich dafür revanchieren, dass der Hase ihn dazu gebracht hatte, seine eigene Mutter zu beseitigen, andererseits hegte er die Befürchtung, dass Mutter Häsin mit seinem Diener fortgehen würde.

Im Morgengrauen begab sich der König zu Mutter Häsin, konnte aber nicht eintreten, denn der Bau war zu eng für ihn. Er stand davor und sang das Lied, das er seinen Diener am Vortag hatte singen hören. Nachdem der Löwe gesungen hatte, wartete er zehn Minuten, die Häsin zeigte sich nicht. Schon als die Raubkatze zu singen anhob, wusste die Häsin, dass es nicht die Stimme ihres Kleinen war. Nach kurzem Besinnen verließ der Löwe den Ort. Nach einer Viertelstunde fand er die Pflanze, wonach er suchte. Die Früchte waren pflückreif. Er fraß davon, und seine Stimme veränderte sich. Nun ähnelte sie der eines Hasen. Voller Zuversicht, ging er wieder zu Mutter Häsin. Als Letztere jemanden draußen singen hörte, glaubte sie die Stimme ihres Kleinen zu vernehmen. So kam sie aus dem Loch heraus. Der auf der Lauer liegende Löwe stürzte sich auf sie und verschlang sie. Gleich nachdem er im Palais angekommen war, benachrichtigte er den Hasen davon, was Letzteren sehr betroffen machte. Er beweinte seine Mutter wochenlang und magerte infolgedessen ab. Er sann auf Rache.

Am Vorabend einer Trauerfeier hob er eine Grube auf dem Platz aus, wo sie stattfinden sollte, und trug die Erde in den Busch. Dann legte er dünne Zweige und grüne Bananenstaudenblätter darüber. Am Tag der Trauerfeier ging er als Erster zu dem Platz, spannte einen roten Teppich über das Loch und stellte den Thronsessel darauf. Die Leute strömten von überall her. Nun wartete man auf den König, der die Feier eröffnen sollte. Als Letzterer endlich auf dem Platz ankam, sagte der Hase, dass alles fertig eingerichtet sei. Kaum dass der Löwe sich hingesetzt hatte, fiel er mitsamt dem Thronsessel in die Grube. Daraufhin trug der Hase einen Topf abgekochten Wassers, schüttete den Inhalt auf ihn und flüchtete in den Wald.

Eine Frau, ihr Kind und die Jamswurzel

Es war einmal eine Frau, die ein Kind hatte. Eines Morgens gingen sie zum Feld. Um die Mittagsstunde riss die Mutter eine Jamswurzel heraus, briet sie, brach sie entzwei und gab dem Kind einen Teil davon. Dann schnitt sie ein Bananenstaudenblatt ab, setzte sich hin, spreizte ihre Beine und breitete es dazwischen auf dem Boden aus. Sie las die Krümel auf, die beim Essen auf das Blatt fielen, und aß sie, sodass ein Teil der Fliegen und Ameisen, die dort ankamen, über sie enttäuscht war. Die Krümel des Kindes hatten nicht für alle gereicht. Die enttäuschten Insekten beschlossen, eine Strafe über die Mutter zu verhängen. So sagten sie dem Kind, es solle die halb volle Wasserflasche leer trinken, was es sofort tat. Die Mutter bekam Durst und bat das Kind, ihr das Wasser zu reichen. Es gab ihr zur Antwort, dass das Wasser alle sei. Hierauf forderte es die Mutter auf, Wasser holen zu gehen.

Als das Kind eine halbe Stunde später vom Fluss kam, gab es ihr die Flasche, aber ihr Inhalt wurde zu Blut. Sie schüttete ihn, beschimpfte das Kind und eilte zum Fluss. Als das Wasser sie kommen sah, nahm es die Blutfarbe an. Mit großen Augen sah sie die rote Flüssigkeit im Bett fließen. Sie musste unverrichteter Dinge zurückkehren.

Immer wenn sie einen Menschen im Dorf ums Wasser bat, nahm es die Blutfarbe an. Von Tag zu Tag schwanden ihre Kräfte dahin. Eines Morgens war es ihr unmöglich, aufzustehen. Tags darauf hauchte sie ihre Seele aus.

Kuali Ngun und das Gespenst

Vor vielen Jahren, da lebte ein Ehepaar in einem Dorf. Eines Tages brachte die Frau ein Mädchen zur Welt, dem man den Namen Kuali Ngun gab.

Als die Tochter im heiratsfähigen Alter war, legten ihr die Eltern nahe, zu heiraten. Einige Männer hielten um ihre Hand an, aber sie wies ihre Anträge zurück. Zwei Jahre vergingen. Kuali Nguns Eltern machten sich Sorgen um sie, zumal alle gleichaltrigen Frauen inzwischen in den Ehestand getreten waren und je ein Kind bereits bekommen hatten. Eines Tages sagte Kuali Nguns Mutter ihrem Mann, er solle alle heiratswilligen Männer des Dorfes kommen lassen, die Tochter werde sich sicherlich einen unter ihnen auswählen. Der Vater nahm den Vorschlag an und verbreitete die Nachricht.

Am Tag X erschienen die Kandidaten bei der dreiköpfigen Familie. Sie standen auf dem Hof. Die Mutter trat heraus und rief zu ihrer Tochter hinein: „Kuali Ngun, Kuali Ngun, komm aus dem Haus und wähle dir einen Mann aus!“ Daraufhin trat die Tochter auf den Hof. Alle Kandidaten sahen die Schöne voller Begehren an, jeder hegte die Hoffnung, sie würde ihm ihr Herz schenken. Doch nachdem sie jeden von ihnen gemustert hatte, sagte sie zu ihrer Mutter: „Mama, Mama, ich habe noch keinen Mann gefunden, ich habe noch keinen Mann gefunden“, und trat ins Haus.

Die Heiratskandidaten zerstreuten sich. Kuali Nguns Eltern konnten nicht fassen, dass sie sich für keinen der zahlreichen Heiratswilligen entschieden hatte.

In jenem Dorf kam der Frau die Aufgabe zu, der Tochter Ratschläge zu geben. Deshalb war die Mutter über Kuali Nguns Verhalten besonders enttäuscht. Sie hatte ihr immer gesagt, die Männer nicht nach dem Aussehen zu beurteilen, aber sie hörte nicht auf ihre Mutter, ihr Traummann sollte von vollendeter Schönheit sein.

Ein weiteres Jahr verging...

Auf Vorschlag der immer ungeduldiger werdenden Mutter ließ der Vater erneut alle Männer kommen, die seine Tochter zur Frau begehrten. Diesmal kamen dreimal soviel Kandidaten, denn die Nachricht war auch in den Nachbardörfern verbreitet worden. Selbst diejenigen, die im Vorjahr dabei gewesen waren, erschienen wieder, um ihr Glück noch einmal zu versuchen. Wie beim letzten Mal wartete die Menschenmenge draußen. Aber man hatte Stühle für sie vorgesehen. Die Mutter ging aus dem Haus und rief zu ihrer Tochter hinein: „Kuali Ngun, Kuali Ngun, komm aus dem Haus und wähle dir einen Mann aus!" Als Kuali Ngun auf die Veranda trat, standen die Heiratswilligen auf. Sie ließ ihren Blick über die Menschenmenge schweifen, dann fiel ihr ein Kandidat auf, der ganz hinten stand. Sie bahnte sich einen Weg durch die Menge und die Stühle, warf sich ihrem Auserwählten in die Arme, und beide fingen an zu tanzen. Der Menschenauflauf schaute ihnen zu. Als die Verliebten mit dem Tanz fertig wurden, wandte sich Kuali Ngun an ihre Mutter: „Mama, Mama, jetzt habe ich einen Mann gefunden, jetzt habe ich einen Mann gefunden!" Sie strahlte vor Freude. Ihre Mutter auch.

Die Neuvermählten winkten zum Abschied, unterhackten sich und gingen weg.
Der Mann, auf den Kuali Nguns Wahl gefallen war, war tatsächlich der attraktivste, er war der Beste aller Männer. Er war vornehm angekleidet und unbeschreiblich schön. Aber Kuali Ngun wusste nicht, dass ihr Gatte ein Gespenst war. Auf dem Hinweg hatte es alle Köperteile bis auf seinen Kopf geliehen. Dies galt ebenso für die Kleidung, die es anhatte. Jetzt war es auf dem Rückweg und hatte seine Frau dabei. Irgendwann fing es an, seine Kleider den Wesen zurückzugeben, von denen es sie sich geborgt hatte. Bald wurde es splitternackt. Dann begann es mit der Rückgabe der geliehenen Körperteile. Als sie ankamen, blieb nur noch sein Kopf übrig. Es rollte ins Grab. Das war sein Zuhause. Seine Frau sprang hinunter.
Einen Monat nach der Hochzeit sollte Kuali Nguns Mutter ihrer Tochter und ihrem Schwiegersohn einen Besuch abstatten. Eine Freundin begleitete sie. Unterwegs flog ihnen ein Vogel hinterher. Bald trafen sie am Zielort ein. Sie trafen nur Kuali Nguns Ehemann zu Hause an, der sie empfing. Er hatte sich wieder Körperteile und Kleidung geliehen, sodass er wie am Tag der Hochzeit gut aussah. Darüber hinaus hatte er auch ein schönes Haus gemietet. Auf die Frage der Mutter, wo ihre Tochter sei, antwortete er, dass er sie Getränke kaufen geschickt habe. Als der Mann und seine Gäste sich an den Tisch setzten, sagte der auf einem Ast sitzende Vogel zu den Letzteren: „Wenn Sie das Fleisch und die Suppe essen, die auf dem Tisch sind, dann haben Sie Kuali Ngun gegessen!“
Als der Mann das hörte, warf er einen Stein nach ihm,

und er flog davon. Die Frauen hatten auch die Worte des Vogels vernommen, doch nahmen sie sie nicht ernst. Sie lachten, dachten, er machte einen Scherz, zumal der Gastgeber ihnen versichert hatte, dass er Kuali Ngun einkaufen geschickt hatte. So verzehrten die Gäste das Gericht, das der Mann ihnen vorgesetzt hatte, ohne zu ahnen, dass das Fleisch, das sie gerade gegessen hatten, Kuali Nguns Leiche war. Zwei Tage zuvor hatte sie ihr Mann erwürgt und ihre Leiche zerstückelt. Dann hatte er einen Teil davon gekocht und die Speise in das gemietete Haus getragen, um seine Schwiegermutter zu empfangen. Die Gäste aßen fertig. Sie warteten stundenlang auf Kuali Ngun, aber diese kam nicht zurück.

Bei Anbruch der Nacht wollten sie in ihr Dorf zurückkehren. Der Witwer gab ihnen die Reste und sagte, sie seien für seinen Stiefvater bestimmt.

Die beiden Frauen machten sich auf den Rückweg. Unterwegs unterhielten sie sich über ihren Besuch. Sie fanden es schon seltsam, dass Kuali Ngun bei einbrechender Dunkelheit noch nicht nach Hause gekommen war. Und während sie auf dem Pfad fortgingen, kam der Vogel geflogen und warnte sie erneut: „Das Fleisch im Gericht, das Sie mitnehmen, ist Kuali Nguns Fleisch!“ Da wurde ihnen klar, dass Kuali Ngun umgebracht worden ist. Sie warfen das Essen ins Gras und brachen in Tränen aus. Die Mutter weinte so sehr, dass sie ihrem Mann nichts sagen konnte, als sie im Dorf ankamen. Ihre Freundin war es, die ihm erzählte, was passiert war. Diese Geschehnisse betrübten ihn und er sagte:

„Wenn Kuali Ngun auf ihre Mutter gehört hätte!“

Sie starb, weil, sie die Ratschläge ihrer Mutter nicht befolgte.

Das Mädchen und der Mann im Anzug

Es war einmal ein Mädchen, das die Heiratsanträge der armen Bauern seines Dorfes ablehnte. Eines Tages erschien ein betuchter Mann und fragte es, ob es seine Frau werden wollte. Ohne zu zögern, gab es ihm das Jawort und küsste ihn auf einen der vergoldeten Knöpfe seines Anzuges. Die Trauung erfolgte wenig später. Damit ging der Traum der Braut in Erfüllung, denn sie hatte schon immer davon geträumt, reich zu heiraten. Die Eltern legten die Hochzeitsgeschenke in einen blauen Korb, und das Paar nahm ihn mit.

Am darauf folgenden Tag schloss der frisch gebackene Ehemann einen Schrank auf, holte ein weißes Kleid daraus heraus, reichte es seiner Frau und befahl ihr, sich umzuziehen. Nachdem sie das weiße Kleid angelegt hatte, setzte er sie auf einen Stuhl und forderte sie auf, sich nicht von der Stelle zu rühren, bis er zurück ist. Dann ging er weg.

Im Vorbeigehen erblickte eine Greisin die frisch gebackene Ehefrau, blieb plötzlich vor dem Haus stehen und bat sie ums Wasser. Die Ehefrau bat die Passantin herein, gab ihr ein Glas Wasser und einen Kuchen dazu. Die alte Frau aß, dankte und ging nach draußen. Dann drehte sie sich um, trat wieder ins Haus und sagte:

„Mein Kind, ich werde dir deine Hilfe vergelten. Zieh dich schnell um und geh von deinem Mann fort. Unterwegs wirst du zunächst einen Fluss, dann eine Baumgruppe durchqueren. In dem Urwald, der danach kommt, sollst du dich unter einen großen Baum hinlegen. Ganz gleich, was geschieht, habe keine Angst. Ob ein heulender Sturm, ob ein wildes Tier, das gerannt kommt, du sollst dich nicht von der Stelle rühren. Du wirst unter freiem Himmel übernachten. Im Morgengrauen sollst du aufstehen und weitergehen, bis du auf eine befahrbare Straße stößt. Dort wirst du ein altersschwaches Taxi nehmen, das dich ins Elternhaus fahren wird."

Nachdem die ältere Dame so gesprochen hatte, verabschiedete sie sich. Die Ehefrau wiederum zog sich schnell um und machte sich auf den Weg.

Eine Stunde später kam ihr Mann mit den Leuten zurück, die er holen gegangen war. Zu seiner großen Überraschung stellte er fest, dass der Stuhl, auf den er seine Frau gesetzt hatte, leer war. Er nahm alle Zimmer seiner Wohnung genau in Augenschein. Dabei rief er den Namen seiner Frau auf, aber niemand antwortete. Nach der erfolglosen Aktion ging er in Schweiß gebadet auf seine Gäste zu und beschwor, er habe am Vortag ein Mädchen geheiratet, das er ihrem Geheimbund opfern wollte, er habe es heute aufgefordert, auf dem Stuhl sitzen zu bleiben. Doch seine Kollegen glaubten ihm kein Wort und opferten ihn.

Als seine Gattin am nächsten Tag im Elternhaus eintraf, erfuhr sie, dass er tot sei. Die Witwe lebte eine Zeit lang bei den Eltern.

Sie nahm den Antrag des ersten Heiratskandidaten an, der kam. Es war nämlich ein armer Bauer. Sie wurden Mann und Frau und lebten glücklich.

Das Geschwisterpaar

Eines Tages gingen ein Junge und seine Schwester in den Wald, um Brennholz zu sammeln. Nachdem jeder sein Bündel Reisig gemacht hatte, haute der Junge mit der Faust gegen einen Baumstamm und dieser öffnete sich. Er führte seine Hand hinein, nahm eine Larve daraus und teilte sie mit seiner Schwester. Dann sagte er ihr, sie solle auch eine Larve aus dem Stamm nehmen. Aber als sie ihre Hand hineinsteckte, fiel er zu. Der Junge trug sein Bündel nach Hause.

Auf die Frage, wo seine Schwester abgeblieben sei, antwortete er, dass sie getrennt in den Wald gegangen seien.

Eines Morgens kam ein Mann im Wald an, um Nussrispen zu schneiden, aus denen er Öl gewinnen sollte. Er kletterte auf eine Ölpalme. Als das Mädchen Machetenhiebe hörte, rief es:

„Wer haut?“

„Ich bin es“, antwortete der Mann.

„Geh zu meinen Eltern und teile ihnen mit, dass ich hierher gekommen bin, um Brennholz zu sammeln, und dass ein Baum meinen Arm geklemmt hat. Sag ihnen auch, sie sollen eine Holzfälleraxt mitnehmen“, sagte das Mädchen. Daraufhin kletterte der Mann von der Palme herunter, rannte und überbrachte den Eltern die Nachricht. Sie eilten in den Wald, spalteten den Baum mit der Axt und befreiten ihre Tochter. Doch sie stellten fest, dass das Fleisch ihres Unterarmes bereits verdorben war. Sie liefen mit ihr durch den Wald, bis sie auf einen Pfad stießen. Dort stellten sie sie vor sich

und warteten. Bald kam ein Büffel vorbei. Die Mutter bat ihn:
„Such das Arzneimittel für den Arm meiner Tochter. Wenn du es tust, werde ich sie dir zur Frau geben, sobald sie im heiratsfähigen Alter sein wird."
Der Büffel antwortete:
„Wenn deine Tochter das heiratsfähige Alter erreichen wird, werde ich schon gestorben sein", und ging weiter. Viele andere Tiere kamen an, sagten der Frau das Gleiche und gingen weg.
Endlich kam der Feldhase und erfüllte ihr die Bitte, denn er ging sofort in den Busch, fand die Heilpflanze, verabreichte sie dem Mädchen und teilte der Mutter die Gebrauchsanweisung mit. Die Eltern gingen dann mit ihrer Tochter nach Hause zurück.
Jeden Tag befolgte die Mutter die Gebrauchsanweisung. Nach einem Jahr war das Mädchen geheilt. Der Hase besuchte diese Familie nie.
Als das Mädchen im heiratsfähigen Alter war, war es schöner denn je. Seine Eltern wollten es verheiraten. Die Nachricht verbreitete sich wie ein Lauffeuer. Viele Heiratskandidaten hielten um seine Hand an.
An dem Tag, an dem es seine Wahl treffen sollte, erschienen die männlichen Tiere im Sonntagsanzug, auch diejenigen, die abgelehnt hatten, das Arzneimittel für seinen Arm zu suchen. Abgesehen von dem Feldhasen saßen alle Kandidaten auf dem Hof. Ersterer hatte ein breites Blatt abgerissen, zwei Löcher darin gemacht und sein Gesicht damit verdeckt. Er stand ganz hinten, im Gras.
Die Mutter sagte zu ihrer Tochter: „Mbami, komm aus dem Haus heraus und wähl dir einen Mann aus!" Da

kam das Mädchen nach draußen und nahm die Kandidaten im Hof in Augenschein. Bald erreichte es die hintere Reihe. Es wollte schon seiner Mutter mitteilen, dass keiner von ihnen ihm gefiel, als es zwei glänzende Augen im Gras erblickte, die die Szene durch zwei Löcher eines Blattes beobachteten. Daran erkannte es den Feldhasen, der einige Jahre zuvor Medikamente für seinen verletzten Arm gesucht hatte. Es holte ihn aus dessen Versteck und sagte: „Mama, hier ist mein künftiger Mann!“ Als die enttäuschten Kandidaten das hörten, standen sie auf, warfen die Stühle um, überschütteten den Hasen und die Braut mit Beleidigungen und verzogen sich.

Sie versteckten sich im Gras entlang des Weges, den der Hase und seine Frau nehmen sollten. Sie planten, ihm seine Gattin wegzureißen. Da der Hase ahnte, dass etwas passieren sollte, nahm er einen ausgehöhlten Kürbis und schlüpfte mit seiner Frau hinein. So rollten sie an einigen Gruppen ihrer Feinde vorbei. Als der Kürbis im Tal ankam, trat der Hase daraus und bat andere Tiere, ihm über den Fluss zu helfen. Diese antworteten ihm, dass sie auf ihn warteten, um ihm seine Frau wegzunehmen. Er schlüpfte erneut in den Kürbis. Da die Ausharrenden auf ihn wütend waren, lasen sie den Kürbis vom Boden und warfen ihn über den Fluss. Die runde Schale fiel ans andere Ufer und zerbrach. Der Hase trat daraus, nahm seine Frau, legte sie in seine rechte Wange, nahm den Matsch, rieb ihn darauf und hängte sich eine Tasche um, in der es ein paar Bananen gab.

Er marschierte ungefähr zehn Minuten und begegnete einem Tier, das ihn fragte, warum seine Wange geschwollen war. Der Hase antwortete, dass es Mumps sei, und schenkte seinem Feind eine Banane. Während Letzterer aß, ging der Hase weiter.

Wenig später stieß er auf das letzte Tier, das wissen wollte, weshalb seine Wange geschwollen war. Der Hase gab ihm zur Antwort, dass er an Mumps leide. Da jenes Tier aber skeptisch war, verpasste es ihm eine Ohrfeige, sodass die frisch gebackene Ehefrau aus seinem Maul herauskam und auf den Boden fiel. Da dieses Tier stärker als der Hase war, riss es ihm seine Frau weg. Der Hase war wütend.

Er begab sich zu einer Spinne hin und schenkte ihr Bananen. Nachdem diese die Früchte gefressen hatte, beförderte sie ihn in den Himmel. Dort beklagte er sich bei Gott über die Tatsache, dass man ihm seine Frau weggerissen hatte, und flehte ihn an, es so einzurichten, dass es neun Jahre nicht regne. Gott gab seiner Bitte statt.

Neun Jahre lang fiel also kein Tropfen vom Himmel. Infolgedessen krepierten viele Tiere. Der Rest beauftragte die Spinne, in den Himmel aufzufahren und dem Hasen zu sagen, dass sie ihn um Nachsicht bitten. Aber er bekam kein Mitleid mit ihnen. Sie schickten die Spinne noch einmal zu ihm mit einem interessanten Angebot. Sie versprachen ihm nämlich, dass sie ihn zum König machen und ihm viele Frauen und Güter zur Verfügung stellen werden.

Der Hase ging auf dieses Angebot ein. Nachdem alle Vorbereitungen für den Empfang getroffen wurden, holte die Spinne den Hasen vom Himmel herunter. Gleich nachdem er inthronisiert wurde, fiel der Regen. Alles war geregelt.

Die Schildkröte und die Tochter des Panters

Es war einmal ein Panter, der eine schöne Tochter hatte. Jedem Kandidaten, der um die Hand seiner Tochter anhielt, sagte er, dass er sie ihm nur unter einer Bedingung zur Frau geben konnte. Der Prätendent sollte nämlich damit einverstanden sein, zusammen mit seiner künftigen Frau beerdigt zu werden, sollte sie vor ihm sterben. Alle Tiere bis auf die Schildkröte schreckten vor dieser Bedingung zurück. Selbst der Löwe, der der Tiere König war, rannte davon, als man sie ihm nannte. Die Schildkröte nahm also das Angebot an und heiratete die Tochter des Panters.

Eines Tages schickte der Schwiegervater den Schwiegersohn Brennholz sammeln. Letzterer begab sich in den Busch. Dort machte er zehn Reisigbündel, brachte aber dem Panter nur eins mit. Als der Schwiegervater die Schildkröte aufforderte, die neun anderen Bündel holen zu gehen, sagte sie zu ihm, dass sie dieselbe Strecke nie zweimal zurücklege.

Tags darauf schickte er sie Wasser holen. Sie nahm zehn Kanister zum Fluss, wo er sie füllte. Jedoch kam sie nur mit einem Behälter zurück. Der Panter fragte sie, ob sie die restlichen Wasserkanister nicht holen gehen könne. Daraufhin erinnerte sie ihn daran, dass sie dieselbe Strecke nie zweimal zurücklege.

Zwei Wochen später zeigte er ihr ein Gelände und bat sie, das Gestrüpp davon zu entfernen. Nachdem sie die Hälfte der Aufgabe gemacht hatte, kehrte sie heim. Als der Panter verlangte, dass sie die Arbeit fertig mache, erwiderte sie ihm, dass sie dieselbe Strecke nie zweimal zurücklege.

Drei Monate nach der Hochzeit starb die Frau der Schildkröte. Letztere forderte, dass man sie beide mit ihrem Hab und Gut zu Grabe trage. So stellte man zuerst die Sachen ins Grab. Dann wurde die Leiche der Frau darauf gelegt. Schließlich legte sich die Schildkröte auf die Leiche hin. Da fing man an, das Grab zuzuschütten. Aber auf der Höhe der Schildkröte rutschte die Erde auf ihren Panzer, zumal sie auf dem Bauch lag und ihr Panzer über das Grab ragte. Da bat man sie herauszukommen, denn man wollte die Reihenfolge ändern. Sie kam aus dem Grab heraus. Nachdem man die Leiche erneut ins Grab gelegt hatte, forderte man die Schildkröte auf, hinunterzuspringen und sich noch einmal auf die Leiche hinzulegen. Da sagte der Schlaukopf zu seinem Schwiegervater:

„Du hattest mich Brennholz sammeln, das Gestrüpp vom Gelände entfernen, Wasser holen geschickt. Ich hatte mich nur einmal an jede der drei Stellen begeben. Wenn du mich batest, erneut hinzugehen, antwortete ich dir, dass ich dieselbe Strecke nie zweimal zurücklege. Genauso kann ich nicht zweimal ins Grab hineingehen."

So blieb den Anwesenden nichts anderes übrig, als ihn laufen zu lassen.

Die Antilope und der Jäger

Es war einmal ein Jäger. Eines Morgens begegnete er einer Antilope im Busch, die dabei war zu werfen.
Er kehrte nach Hause um, briet Pilze und ging wieder weg. Er schlug dieselbe Richtung ein. Während er auf dem Pfad lief, warf er ab und zu Pilze auf den Boden und sang dabei: „Wenn Gott dir gibt, gib auch den Insekten des Dorfes etwas zu fressen.“ Er hatte vor, Mutter Antilope zu erlegen und ihre Jungen am Leben zu lassen. So sagte er sich, er würde die Antilope wieder an dem Ort antreffen, wo er sie hatte werfen sehen. Doch als er dort ankam, stellte er zu seiner großen Enttäuschung fest, dass sie mit den Jungen fort war.
Da machte er sich erneut auf den Heimweg. Während er auf dem Pfad marschierte, las er die Pilze auf, die er auf dem Hinweg auf den Boden geworfen hatte, und sang dabei: „Wenn Gott dir gibt und zurücknimmt, gib auch und nimm zurück.“

Der federlose Vogel

Vor langer Zeit, da gab es einen Tierverein. Auf jeder Versammlung, die sonntags stattfand, enthäuteten die Mitglieder ein Wild, und eines von ihnen nahm die ganze Haut mit, wenn es an der Reihe war.

Ein federloser Vogel, der diesem Verein angehörte, begab sich wochentags zu demjenigen Tier, das am vorigen Sonntag die Haut bekommen hatte, und sagte ihm Folgendes:

„Ich kann ein schönes Lied und möchte es dir vorsingen. Ich werde singen und du wirst tanzen. Die angemessene Tanzfläche dafür ist der Speicher. Steig hinauf!"

Wenn der Vogel so sprach, holte sein Gegenüber eine Leiter und stieg in den Speicher. Da hub Ersterer zu singen an. Während der Tänzer sich oben wiegte, hängte der pfiffige Vogel die Haut des Wildes von der Wand ab und flog damit weg. So verschwand eine Haut um die andere, und niemand wusste, wer der Dieb war. Denn wenn das Opfer die anderen Tiere fragte, ob sie die Haut gestohlen hatten, leugneten sie.

Eines Tages kam dem Feldhasen eine glänzende Idee. Er begab sich in das Nachbardorf und kaufte sich ein paar Pfeile. An dem Tag, wo sich der federlose Vogel wieder zu ihm einlud, sagte ihm der Gastgeber, dass sein Speicher schmutzig sei, gab ihm einen Besen und schickte ihn nach oben. Während der Gast die Tanzfläche fegte, holte der Hase die Pfeile aus dem Schrank hervor und machte sie an der Tür fest. Nachdem der Vogel mit der Arbeit fertig war, kletterte er herunter. Der Hase wiederum stieg hinauf und sagte, der Zustand der Tanzfläche sei besser denn je, er werde sich königlich amüsieren. Kaum dass der Vogel das Lied angestimmt hatte, fing der Hase an, sich zu verrenken. Und während Ersterer sang, hängte er die Haut von der Wand ab. Aber beim Hinausfliegen verletzte er sich an einem Pfeil. Der Hase stieg vom Speicher herunter, rief die anderen Mitglieder des Vereins, die sich im Gras unweit seines Hauses versteckt hatten, und sie folgten der Blutspur. Diese führte zu dem Baum, auf dem das Nest des federlosen Vogels sich befand. Als man den besagten Baum fällte, fand man viele Häute, die der Vogel gestohlen hatte. Man stieß ihn kurzerhand aus dem Tierverband aus.

Der Panter und die Eidechse

Es war einmal ein Panter, der sich gern mit anderen Tieren maß. Er besiegte den Elefanten, und sogar den Löwen, der Tiere König.
Eines Tages begegnete ihm die Eidechse und sagte zu ihm:
„Ich bin in der Lage, dich zu schlagen.“
Als der Panter das hörte, sah er auf sie herab und antwortete:
„Ich habe alle großen Tiere in die Knie gezwungen. Du winziger Nichtskönner, du besitzt die Frechheit zu behaupten, dass du mich besiegen kannst? Ich brauche dich nur niederzutrampeln, und es wird aus mit dir sein.“
Die beiden Rivalen machten einen Termin für das Duell aus. Dies wurde allen Tieren des Reiches mitgeteilt. Als der Tag des Kampfes kam, waren alle anwesend. Der Löwe zählte bis vier. Da sprang die Eidechse hinter dem Strauch mit einem Dolch zwischen den Zähnen hervor und schlug dem Panter das linke Ohr durch. Sie nahm wieder Anlauf. Als ihr Gegner sah, wie sie in Windeseile auf ihn zulief, flüchtete er in den Busch. So trug das kleine Reptil den Sieg davon.
Seitdem läuft der Panter weg, wenn er etwas hört, das sich im Gras bewegt, denn er glaubt, es sei die Eidechse, die ihn erdolchen will.

Die Schildkröte und der Affe

Eines Tages lud der Affe viele Tiere zum Abendessen ein. Als sie alle bei ihm ankamen, bat er sie direkt zu Tisch. Aber die kleine Schildkröte war unfähig, auf den Stuhl zu klettern. Während sie es versuchte, bedienten sich die anderen Gäste und fraßen alles weg. Sie beschloss, sich an dem Affen zu rächen.

So lud sie zwei Wochen später alle Tiere des Dorfes zu einem Essen. Alle leisteten der Einladung Folge. Als sie sich einfanden, bat sie die Schildkröte, sich zu bedienen. Der Affe war schon im Begriff, sich über das Essen herzumachen, als die Gastgeberin ihn aufforderte, den Anwesenden seine Hände vorzuzeigen. Daraufhin hob der Affe die Hände, und alle sahen, dass seine Handteller schwarz waren. Da sagte ihm die Schildkröte: „Deine hohlen Hände sind schmutzig. Bevor du sie nicht wäschst, darfst du nicht essen.“ Alle stimmten ihr zu und fingen an zu fressen. Der Affe lief zum Fluss, wusch sich die Hände, kam zurück und zeigte sie vor. Da sie aber immer schwarz waren, schickte ihn die Gastgeberin erneut sie waschen. Der arme Affe begab sich noch einmal zum Fluss. Diesmal las er Kieselsteine und rieb sich die Hände wund. Als er zu der Schildkröte hineilte und sie zeigte, machte sie ihm klar, dass er aufgrund der schwarzen Stellen, die immer noch darauf zu sehen waren, nicht mit den anderen Gästen speisen durfte. Letztere fraßen alles weg, und er stand dabei. Er kehrte mit leerem Magen nach Hause. Die Schildkröte freute sich, es ihm mit gleicher Münze heimgezahlt zu haben.

Der federlose Vogel und die Insekten

Es war einmal ein Vogel, der keine Federn hatte. Eines Tages ging er bei einer Frau vorbei, die dabei war, Couscous mit gelber Sauce zuzubereiten. Da sie kein Steinsalz zu Hause hatte, schenkte er es ihr, und sie tat eine Prise davon in die Sauce. Als die Speise fertig war, gab die Frau dem Vogel davon. Er nahm seinen Anteil mit.

Unterwegs begegnete er einem Jäger und schenkte ihn ihm. Letzterer wiederum warf seinem Hund die Speise zum Fraß vor. Im Gegenzug bekam der Vogel ein Stück Wild.

Zehn Minuten später flog ein Sperber herunter und bekam das Fleischstück geschenkt. Als Dank dafür riss er zwei Federn und reichte sie dem federlosen Vogel, der weiterging.

Plötzlich blieb er vor zwei Insektenlöchern stehen, die irgendwo unter der Erde zusammentrafen, und steckte eine Feder in jedes davon. Zwei Larven, die Zwillinge waren, zogen sie herunter und zeigten sie ihren Eltern. Letztere kamen heraus und dankten dem Spender, der sie gleich um ein Gegengeschenk bat. Sie gaben ihm aber zur Antwort, dass sie ihm nichts anzubieten hätten. Er sagte ihnen, sie sollen draußen warten, er wolle dem Zwillingspaar die Federn anziehen. Der böse Vogel ging ins Loch hinunter und drehte den Jungen den Hals um. Gleich nachdem er sich hinausbegeben hatte, teilte er den Eltern mit, dass er den Zwillingen das neue Kleid angelegt habe, und dass sie darin wirklich gut aussähen.

Sie dankten ihm noch einmal für das Geschenk, und er nahm Abschied von ihnen.
Aber als die beiden Betrogenen ins Loch gingen, stellten sie zu ihrem größten Entsetzen fest, dass ihre Jungen bewegungslos dalagen.
Der Vater fegte wie ein Wirbelwind hinaus und setzte dem Mörder nach. Da Letzterer sich umdrehte und sah, dass Vater Insekt ihm auf den Fersen war, versteckte er sich in einer Mangrove, die in der Nähe war. Während der Vater nach ihm suchte, fragte er mit tränenerstickter Stimme:
„Warum hast du meine Jungen getötet?“
„Weil ihr mir kein Gegengeschenk für meine beiden Federn gegeben habt“, antwortete ihm der Vogel, ohne sich zu rühren.
Plötzlich packte er das Bein des Vogels, hierauf sagte Letzterer zu ihm:
„Du hast dich getäuscht, denn du hast eine Wurzel gepackt und glaubst, sie sei mein Bein!“
Da ließ der Vater das Bein los, fasste eine Wurzel und zog daran, bis er müde war. Da brach der hinterlistige Vogel, der sich inzwischen zum Flussufer geschlichen hatte, in lautes Lachen aus und sagte:
„Du hast dich getäuscht, denn du hast nun eine Wurzel gepackt und glaubst, sie sei mein Bein!“
Nachdem er sich so über seinen Verfolger lustig gemacht hatte, glitt er ins Wasser. Vater Insekt kehrte unverrichteter Dinge zurück.

Der Panter und der Feldhase

Früher ging der Panter mir dem Feldhasen zusammen. Eines Tages entdeckten sie zwölf Termitenhügel in der Savanne. Jedem fiel anteilsmäßig ein halbes Dutzend zu. Da sie Polygamisten waren, vereinbarten sie, dass jeder am nächsten Tag mit seinen fünf Frauen Insekten sammeln sollte. Sie verabredeten auch den Treffpunkt und die Uhrzeit.

Aber als der Hase am verabredeten Treffpunkt mit seinen Frauen ankam, sah er die Familie des Panters nicht. Nach viertelstündigem Warten begab sich der Hase zu seinem Freund hin. Letzterer befand sich bereits in der Savanne. Nachdem er dort eingetroffen war, wartete er eine Zeit lang vor seinen sechs Termitenhügeln, aber kein einziges Insekt zeigte sich. Wie er sich umdrehte, sah er Termiten aus den Hügeln des Feldhasen herausfliegen. Er verteilte sofort seine Frauen auf fünf jener Hügel und fing selbst an, Termiten am sechsten zu sammeln. Da der Hase inzwischen bei seinem Freund vor verschlossener Tür stand, ging er heim, hängte eine Lanze, die er nie gebraucht hatte, von der Wand ab, und machte sich erneut auf den Weg in die Savanne. Bald erreichte er die Stelle, wo seine Frauen warteten, und ging mit ihnen weiter. Unterwegs schüttelte er ab und zu seine Waffe. Und jedes Mal, wenn er sie schüttelte, machte sie: „Tikiriati."

Als sie sich der Zone näherten, wo die Termitenhügel waren, erblickte der Hase die Familie Panter, die damit beschäftigt war, Termiten an seinen sechs Hügeln zu sammeln. Da schüttelte er die Lanze und diese machte:

„Tikiriati." Die erste Frau des Panters hörte den Laut. Von Angst gepackt, lief sie auf die zweite Frau zu und sagte, dass etwas sie vertrieben habe. Das Tier mit langen Ohren trat näher an den zweiten Termitenhügel heran und schüttelte die Waffe. Die zwei Frauen liefen auf die dritte zu. Bald liefen die fünf Gattinnen auf den Panter zu, informierten ihn über den seltsamen Laut und machten sich aus dem Staub. Natürlich ließen sie in ihrer panikartigen Flucht die gesammelten Termiten zurück. Ihr Mann blieb als Einziger.

Als der Hase seine Lanze zum sechsten Mal schüttelte, floh der Panter zunächst vor dem Laut. Jedoch lief er keine zwei Minuten, als er sich zur Umkehr entschloss. ‚Ich bin doch kein Weibchen!', dachte er. Er kam also zum Termitenhügel des Hasen zurück und nahm die Sammlung wieder auf. Sein Freund, der sich im Gras in der Nähe versteckt hatte, schüttelte noch einmal die Lanze und sie machte: „Tikiriati." Als er aber sah, dass der Panter sich diesmal durch den Laut nicht beirren ließ, zielte er die Lanze auf ihn und warf sie nach ihm. Der Dieb, am Kopf getroffen, rannte schreiend weg. Und während er lief, machte die Lanze, die ihm im Kopf stecken geblieben war: „Tikiriati."

Gleich nachdem er zu Hause angekommen war, legte er sich hin.

Der Hase und seine Frauen sammelten alle Termiten und trugen sie nach Hause, wo sie sie brieten und genossen.

Am darauf folgenden Morgen ging Ersterer zu seinem Freund und fragte ihn, ob er am Vortag Termiten sammeln gegangen war. Der Panter bejahte und fügte unter Stöhnen hinzu, dass er die Beute in der Savanne zurückgelassen hatte, weil jemand ihn am Kopf verletzt hatte, als er dabei war, Termiten zu sammeln. Dann zeigte er dem Hasen die Stelle. Letzterer teilte ihm mit, dass er eine Pflanze kenne, mit der er die Wunde behandeln könne. Allerdings stellte er Bedingungen: „Bevor ich dich von deiner Verletzung kuriere, sollst du mir zwanzig Liter Palmöl sowie eine Pfeife geben.“ Zähneknirschend, gab der Panter die verlangten Sachen. Zuerst brachte sie der Hase dorthin, wo er wohnte. Anschließend ging er in den Busch, um das Heilmittel zu suchen. Als er es nach stundenlanger Suche endlich fand, rannte er zu dem Panter, zog ihm die Lanze aus dem Kopf ab, trug es ihm auf die Wunde auf, und sie verheilte sofort, wie durch ein Wunder.

Das Waisenkind und das Ungeheuer

Es war einmal ein Kind, das Vollwaise war. Eines Tages geriet sein Haus in Brand, und es irrte orientierungslos umher. Als es in einem fremden Dorf landete, stand es vor der Hütte einer greisen Frau, die allein lebte. Sie bat es herein und gab ihm zu essen. Da es ihr sagte, dass es Waise war, erlaubte sie ihm, bei ihr zu wohnen. So umsorgte sie es mütterlich.

Eines Morgens ging sie allein zum Feld. Das Kind sollte das Haus hüten. Als die Frau gegen Mittag von der Arbeit kam, teilte ihr das Waisenkind mit, dass es sich während ihrer Anwesenheit mit einem anderen Kind geprügelt und ihm ein Auge aufgestochen habe.

Die Eltern des Opfers und viele andere Dörfler beschlossen, aus dem Täter einen Einäugigen zu machen. Sie machten sich auf den Weg zu der Greisin. Letztere sah sie kommen und riet der Waise zu flüchten. Daraufhin rannte das Kind hinaus und nahm eine Piste, die in den Wald führte. Die Dörfler verfolgten es. Am Saum des Waldes angekommen, blieb es stehen und bat einen großen Baum, es vor den Verfolgern zu retten. Die Pflanze senkte sich herab, das Waisenkind packte einen Ast, und sie bog sich hoch. Die Verfolger fingen an, den Baum zu fällen. Das Kind urinierte auf ihren Kopf, doch ließen sie sich nicht dadurch beirren. Der Baum war im Begriff umzustürzen, als es einen vorbeifliegenden Raben anflehte, es zu retten.

Der Vogel setzte sich auf den Zweig, das Kind schwang sich auf seinen Rücken, und er flatterte weg. Sie flogen lange, die Waise war über die Reise entzückt, denn die

Gegenden, die sie überflogen, waren landschaftlich reizvoll.
Bald erblickte das Waisenkind in einer Savanne einen frei stehenden Baum, dessen rote Früchte ihm den Mund wässrig machten, und es bat den Raben, es dort abzusetzen. Der Vogel landete auf einem Ast. Nachdem er die Waise abgesetzt hatte, pflückte er eine Frucht und flog weg. Vom Baum aus sah das Kind den Rauch in der Ferne und schloss daraus, dass eine Hütte dort war. Es wollte eine Frucht pflücken, da brach plötzlich der Zweig, und es fiel vom Baum. Es landete direkt in einem Dornenstrauch. Abgesehen davon, dass die Dornen es stachen, brach es sich ein Bein.
Der Richtung des Rauches folgend, schleppte es sich in die Hütte einer Greisin, aus der er aufstieg. Es befand sich wieder in einem fremden Dorf. Die Frau zog ihm die Dornen aus dem Körper, machte Wasser warm, duschte es ab und massierte ihm das Bein. Sie pflegte es, bis es wieder in Form kam.
Die alte Dame teilte ihm mit, dass es im Dorf ein Monster gab, das bereits einige Menschen gefressen hatte, die sich nach achtzehn Uhr hinausgewagt hatten. So riet sie ihm, nach dieser Uhrzeit niemals auszugehen. Aber zu ihrem großen Erstaunen hörte sie das Kind sagen: „Dieses Monster, wofür hält es sich denn? Ich werde es morgen Abend umbringen.“ Die Frau riet ihm von einem solchen gefährlichen Unternehmen ab, ließ es jedoch wissen, dass der Häuptling das Versprechen gegeben hatte, demjenigen, der das Dorf von dem Terror des Ungeheuers befreien würde, ein schönes Haus sowie ein ausgedehntes Feld zu schenken.
Am folgenden Tag ging die Waise in die Savanne.

Nachdem sie einige Reisigbündel und Steine ins Dorf getragen hatte, wartete sie bis achtzehn Uhr, dann zündete sie ein Feuer an. Wenig später hörte sie das Monster kommen. Sie schimpfte es aus. Gekränkt, steuerte es auf sie zu. Als es sich ihr näherte, öffnete es sein riesiges Maul weit, um sie zu verschlingen. Da nahm sie einen glühenden Stein vom Scheiterhaufen und warf ihn in dieses Maul. Das Ungeheuer brach tot zusammen. Das Kind schlug ihm den Schwanz durch und trug ihn nach Hause. Die alte Frau, die es beherbergte, freute sich sehr über seine Heldentat.

Am nächsten Morgen sahen die Dörfler die Leiche des Monsters und überbrachten dem Häuptling die gute Nachricht. Letzterer ließ alle Jäger kommen. Da jeder von ihnen behauptete, das Ungeheuer zur Strecke gebracht zu haben, verlangte der Häuptling den fehlenden Teil. Keiner konnte den Beweis erbringen. Sie verstummten alle.

Plötzlich sah man die Waise mit einem schweren Sack auf dem Kopf kommen. Nachdem sie die Last abgestellt hatte, sagte sie, dass sie das Monster in der Nacht getötet habe. Man machte sich über sie lustig. Selbst der Häuptling brach in lautes Lachen aus, als er das hörte. Als das Kind den Schwanz des Monsters aus dem Sack hervorzog, wusste man nun, dass es die Wahrheit gesagt hatte. Der Häuptling wies ihm das Versprochene zu und ließ alle Dörfler kommen. Man umjubelte den Helden und machte ihm weitere Geschenke.

Die Schildkröte, der Löwe und der Flusskrebs

Es war einmal eine Schildkröte. Eines Tages regnete es in Strömen. Der Sturzbach riss sie mit sich fort und schwemmte sie in einen Fluss. Dort gelang es ihr, hinüberzuschwimmen. Sie nahm einen Pfad, der zum Haus des Löwen führte. Als sie bei ihm eintraf, stand sie vor verschlossener Tür, denn er war zum Feld gegangen. Sie versteckte sich im Gras und wartete.
Bald kam er zurück. Sie kroch aus dem Versteck heraus und sagte ihm, sie sei obdachlos geworden, selbst wenn sie ihr Haus nicht verloren hätte, würde sie nicht heimfinden. Sie bot sich ihm als Dienerin an und bat ihn, sie unterzubringen, was er annahm.
Nachdem sie am nächsten Morgen gefrühstückt hatten, schlug die Schildkröte vor, dass sie zum Feld gehen. Fünfzehn Minuten später kamen sie dort an und machten sich an die Arbeit. Um die Mittagszeit trafen sie eine Vereinbarung: Der Löwe sollte auf die Jagd gehen, während die Schildkröte Brennholz sammeln und den aufgefangenen Raphiawein in eine Ballonflasche füllen sollte. Die Raubkatze ging und kam drei Stunden später mit einer Hirschkuh zurück. Inzwischen hatte die Schildkröte ihre Aufgabe erledigt. Jeder trug seine Last.

Bald kamen sie zu Hause an. Sie zündeten das Feuer an und brieten das Wild. Als die Speise fertig war, sagte die Schildkröte, es wäre ratsam, vor dem Essen ein Bad zu nehmen.

So begaben sie sich zu einem Fluss. Am Ufer sagte die Schildkröte dem Löwen, dass sie der Reihe nach baden sollten. Sie holte ein Seil und erklärte das Verfahren:
„Der Erste wird ein Ende des Seiles fassen und tauchen, um zu baden. Der Zweite wird mit dem anderen Seilende in der Hand am Ufer warten. Sobald der Erste mit dem Bad fertig ist, wird er das Seil bewegen. Daraufhin wird ihn der Zweite herausziehen. Dann wird der Zweite dran sein zu baden."
Der Löwe erklärte sich mit dem Prinzip einverstanden. Als die Schildkröte ihn fragte, ob sie als Erste baden könne, nickte er zustimmend. So tauchte sie. Auf dem Grund band sie das Seil an eine Wurzel an, glitt flussabwärts, tauchte aus dem Wasser, folgte einem Pfad, der zum Löwen führte. Als sie dort ankam, machte sie die Tür auf, trat ins Haus und futterte die ganze Speise weg. Danach ging sie wieder zum Fluss, glitt ins Wasser, schwamm flussaufwärts, löste das Seil von der Wurzel und bewegte es. Hierauf zog sie der Löwe aus dem Wasser heraus. Auf die Frage, warum ihr Bad so lange gedauert hatte, antwortete sie, sie sei vielen freundlichen Fischen im Wasser begegnet und habe sich mit ihnen über interessante Themen unterhalten.
Der Löwe tauchte, badete und bewegte das Seil. Die Schildkröte zog ihn herauf, und sie machten sich auf den Rückweg.
Der vor Hunger sterbende Löwe öffnete die Tür und stellte zu seinem großen Erstaunen fest, dass das Fleisch verschwunden war. Er schüttelte die Ballonflasche. Es gab keinen einzigen tropfen Wein darin. Er fragte die Schildkröte, ob sie wusste, wer der Dieb sein konnte. Gleich beschuldigte sie den Löwen, ihr die Speise

weggefressen zu haben. Er habe es getan, als sie sich im Wasser mit den Fischen unterhielt. Sie gingen ins Bett. Tags darauf gingen sie wieder zur Arbeit und kamen mit einem Igel als Beute, einem Reisigbündel und einer Flasche voller Wein zurück. Auch diesmal griff die Schildkröte auf dieselbe List wie am Vortag zurück und fraß dem Löwen die ganze Speise weg. In der Nacht schlief er nicht. Er dachte über eine Lösung nach. Ihm fiel etwas ein.

Im Morgengrauen begab er sich zu einem Zauberer hin, der ihm versicherte, dass die Wahrheit ans Tageslicht kommen werde. Er holte eine Statue in einer Ecke, trug Leim darauf und gab sie dem Löwen. Letzterer trug sie weg, versteckte sie im Gras und ging nach Hause.

Dann ging er mit der Schildkröte zur Arbeit. Wie üblich bestellten sie zuerst den Acker. Dann ging der Löwe auf die Jagd. Währenddessen sammelte die Schildkröte Brennholz und füllte Raphiawein in die bauchige Korbflasche. Der Jäger erbeutete diesmal ein Warzenschwein. Jeder trug seine Last, und sie begaben sich heim. Dort brieten sie das Wild. Die Schildkröte sagte wieder, es sei angebracht, vor dem Essen baden zu gehen.

Sie hatten schon die Hälfte der Strecke zurückgelegt, als der Löwe plötzlich stehen blieb und sagte, er habe die Seife zu Hause vergessen. Tatsächlich hatte er sie nicht dabei, indes hatte er sie dort absichtlich gelassen. Er machte kehrt, holte die Statue, trug sie nach Hause, stellte sie in eine Ecke und eilte zum Fluss, wo die Schildkröte bereits auf ihn wartete.

Jeder von ihnen packte ein Ende des Seils. Die Schildkröte glitt ins Wasser, band das Seil an eine

Wurzel an, schwamm heimlich flussabwärts, tauchte aus dem Wasser auf, lief nach Hause und aß die Speise restlos auf. Erst beim Hinausgehen wurde sie der Statue gewahr. „Du bist hierher gekommen, um mich zu verraten! Wer hat dich geschickt?“, fuhr die Schildkröte die Statue an und gab ihr eine Ohrfeige. Ihre Pfote blieb an der Wange der Statue kleben. Sie versetzte ihr drei weitere Schläge und der Rest ihrer Gliedmaßen klebte auch fest. Das Gleiche geschah, als sie sie mit dem Kopf schlug.

Am Ufer wurde der Löwe ungeduldig. Zudem hatte er einen Bärenhunger. Er ging nach Hause zurück und sah die an der Statue kleben gebliebene Schildkröte. „Aha, du bist also die Diebin!“, schrie er überrascht.

Er trug sie zum Zauberer. Letzterer sagte ihm, er solle alle Tiere zusammentrommeln.

Der Flusskrebs schlug vor, dass sie die Diebin mit der Statue auf einen Hügel hinstellen, wo sie sie der Reihe nach mit der Peitsche schlagen werden. Selbst der Löwe nahm diesen Vorschlag an, fügte allerdings hinzu, dass jeder die Schildkröte schlagen und ihn darüber informieren sollte.

So gingen viele Tiere auf den Hügel und versetzten der Schildkröte Peitschenhiebe. Wenn sie auf ihren Panzer schlugen, stieß sie einen Schmerzensschrei aus und ließ sie in den Glauben, dass sie getroffen wurde.

Jetzt kam der Feldhase an die Reihe. Er peitschte die Diebin aus, hoppelte bis zum Löwen und behauptete, sie werde in Bälde ihr Leben aushauchen.

Der Flusskrebs ging als Vorletzter auf den Hügel. Dort sägte er den Klebstoff, befreite die Schildkröte von der Statue, und sie versteckte sich im Gras am Pfad.

Der Elefant war das letzte Tier, das auf den Hügel gehen sollte. Der Löwe, der der Tiere König war, gab ihm ein Jagdgewehr und befahl ihm, die Schildkröte totzuschießen.
Als das Tier mit dem Panzer, das auf der Lauer saß, den Elefanten kommen sah, stellte es Schlingen. Der Riese kam, ging in die Falle und fiel um. Die Schildkröte schnürte ihm die Füße zusammen, nahm ihm die Flinte ab und verschwand damit.
Alle Tiere erwarteten den Elefanten zurück. Nach stundenlangem Warten machten sie sich auf den Weg zum Hügel. Der Löwe marschierte vorneweg, der Flusskrebs am Schluss des Zuges. Am Hang sahen sie den Elefanten auf dem Boden liegen. Als sie nach oben gelangten, stellten sie fest, dass die Schildkröte verschwunden war. Auf die Frage, wer ihm die Füße zusammengebunden habe, antwortete der Elefant, dass er nicht wisse. Der Flusskrebs trat hervor und sagte zu dem Löwen:
„Der Elefant und die Schildkröte sind gute Freunde. Ersterer hat sie befreit. Dann hat er ihr die Flinte gereicht. Schließlich hat er sich hingelegt und sie gebeten, ihm das Seil um die Füße zu schnüren. Seine Majestät, er hat ihr das Jagdgewehr mit dem Auftrag gegeben, Sie zu erschießen!“
Auf Befehl des Löwen hin tötete man den Elefanten. Man teilte das Fleisch unter sich und ging weg.
Am nächsten Tag besuchte der Flusskrebs die Schildkröte heimlich. Er informierte sie über den Tod des Elefanten sowie über die Absicht des Löwen, sie um jeden Preis umzubringen. Dann kehrte er zurück.

Aus Angst vor der Schildkröte versteckte sich der Löwe mit den anderen Tieren im Busch. Er beschloss, die Feindin während der kommenden Trockenzeit durch das Buschfeuer zu töten. Der Flusskrebs kriegte das mit und setzte die Schildkröte davon in Kenntnis. Daraufhin flüchtete Letztere in den Sumpf.
Eines Tages sah sie drei Personen vorbeigehen, die außergewöhnliche Fähigkeiten hatten. Wenn die Erste jemanden oder etwas anstarrte, fing alles Feuer. Wenn die Zweite weinte, verursachten ihre Tränen eine Überschwemmung. Wenn die Dritte Angst bekam, schrie sie so laut, dass der Ton das Gras zittern ließ, Bäume entwurzelte und Berge versetzte. Die Schildkröte sagte ihnen, dass sie eine Jagdflinte bei sich habe. Auf die Frage, wer sie ihr gegeben hatte, schilderte sie ihnen, was passiert war. Sie baten sie um die Waffe. Sie übergab sie ihnen und sagte, dass sie alle Tiere, die sie erlegen werden, mit ihr teilen sollten.
Die drei Personen gingen auf die Jagd. Sie sahen den Feldhasen im Gras und gaben einen Schuss auf ihn ab. Die Schrotkugel drang in sein Gehirn ein. Da die anderen Tiere den Schuss vernahmen, schlug der Löwe die Trommel. Alle versammelten sich. Sie stellten fest, dass der Feldhase abwesend war, und schlossen daraus, dass er gerade von der Schildkröte abgeschossen worden sei. Die Jäger brachten ihr die Beute, und sie teilten sie sich.
Am nächsten Tag zogen die drei Personen wieder zur Jagd. Sie marschierten lange in der Savanne. Plötzlich sahen sie den Löwen auf sie zulaufen. Er war in diese Gegend gekommen, um sich zu vergewissern, ob das Gras schon vertrocknet war. Wenn der erste Jäger den

Löwen angestarrt hätte, hätte sein Blick die Savanne mitsamt den Tieren verbrannt. Hätte der Zweite geweint, hätten seine Tränen das Buschfeuer gelöscht und die Zone unter Wasser gesetzt. Wenn der Dritte geschrien hätte, hätte seine Stimme die Fluten weitergetrieben. Kurz gesagt, sie wären ohne Beute heimgekehrt. Deshalb zogen sie es vor, den Löwen totzuschießen. Sie schleppten die Beute nach Hause. Nachdem sie sich ausgeruht hatten, holten sie die Schildkröte herbei. Letztere schlug dem Wild den Kopf ab. Man briet den Rumpf sowie die Gliedmaßen, aß und ging ins Bett.
Als die Schildkröte feststellte, dass die drei Personen in einen tiefen Schlaf gesunken waren, trug sie den Löwenkopf sowie das Jagdgewehr hinaus und steckte das Haus in Brand. Sie wartete, bis es niederbrannte. Dann trug sie den Kopf des Löwen und die Flinte und machte sich auf den Weg. Nach einer Viertelstunde blieb sie stehen und versteckte die Waffe im Gras. Dann ging sie weiter. Sie marschierte die ganze Nacht hindurch.
Im Morgengrauen begegnete sie einem Tier. Es war der Flusskrebs. Sie sagte ihm, dass sie den Löwen eigenhändig umgebracht habe. Er trommelte alle Tiere zusammen, und die Schildkröte zeigte ihnen den Kopf der Raubkatze vor und sagte, dass das Tierreich einen neuen König brauchte. Als sie fragte, wer für den Thron kandidieren möchte, hoben alle die Hand. Daraufhin teilte sie ihnen mit, dass sie dafür einen Lauf organisieren werde und verabredete einen Termin mit ihnen.
Die Zeit verging wie im Fluge...

Der Tag des Laufes kam. Man stellte den Thronsessel auf einen Platz. Die Schildkröte sagte, sie werde nicht laufen, sie werde die Schiedsrichterin sein. Sie erklärte, die anderen Tiere sollen um das Dorf herumlaufen, derjenige Prätendent, der als Erster zurück sein und sich auf den Herrscherstuhl setzen werde, werde der neue König sein. Sie gab das Startzeichen. Da sprang der Flusskrebs und klammerte sich an des Wildschweins Schwanz. Jedes Tier lief, so schnell es seine Füße trugen.

Bald sah man das Wildschwein als Erstes kommen. Doch als es im Begriff war, sich auf den Thron zu setzen, schrie der kleine Flusskrebs: „Bitte setz dich nicht auf mich!“ Es drehte sich um und stellte zu seinem großen Erstaunen fest, dass das Krebstier tatsächlich in dem Sessel saß. Die anderen Tiere kamen völlig außer Atem auf dem Platz an und sahen den Krebs auf dem Thron. Die kluge Schildkröte ließ das Archiv des Reiches bringen, holte ein Dokument aus einem Kasten hervor und bat den Flusskrebs, es dem Volk vorzulesen. Sie wusste, dass das Krustentier nicht lesen und schreiben konnte. Darauf hatte sie ihren Plan gegründet. Der Krebs sagte kein Wort. Die Schildkröte riss ihm das Blatt aus den Händen und las vor, hierauf applaudierte die Menge. Der Krebs stieg vom Thronsessel herunter, man krönte die Schildkröte zur Königin, und sie ernannte Ersteren zum Rat.

Zwei Monate nach ihrer Thronerhebung holte sie das Jagdgewehr, das sie im Busch versteckt hatte.

Der Häuptling und seine Frauen

Es war einmal ein Häuptling, der polygam war. Sein Haus lag im Zentrum des Palastes, die Hütten seiner Frauen befanden sich ringsum. Unter seinen Gattinnen gab es eine Behinderte. Sie war auch die ärmste, zumal sie nicht viel arbeiten konnte. Sie kochte fast immer Süßkartoffel mit dünner Sause, ohne Tomate und ohne Fleisch. Die anderen hingegen bereiteten jeden Tag gehaltvolle Speisen zu. Der Dorfvorsteher wurde von all seinen Frauen bekocht. Jedes Mal, wenn sie ihm das Essen vorsetzten, aß er das der Behinderten restlos auf. Dann probierte er vom Gericht der anderen und verteilte es an seine Räte. Es war für diese Frauen nicht nachvollziehbar, warum ihr Ehemann die kargen Speisen einer Person bevorzugte, die obendrein behindert war. Es konnte ja nicht ausbleiben, dass dieser Vorteil ihr Neid eintrug. Gegen sie wurde ein Komplott geschmiedet.

Eines Tages ging sie zum Feld und arbeitete wie üblich nur eine Stunde. Auf dem Rückweg wurde sie von ihren Rivalinnen überfallen. Sie fesselten sie mit einem Seil, peitschten sie aus und schleppten sie ins Gras.

Als die Essenszeit kam, stellte der Häuptling fest, dass die Behinderte nicht da war. Es war dunkel. Er schickte seine Räte sie holen. Sie gingen und kamen spät in der Nacht zurück, ohne sie gefunden zu haben.

Am nächsten Morgen machten sie sich aufs Neue auf die Suche. Sie fanden das Opfer bewusstlos und trugen es zum Palast. Der Häuptling ließ sofort den Heilpraktiker des Dorfes kommen.

Als die Behinderte zwei Tage später wieder zu sich kam, informierte sie ihren Mann darüber, dass seine anderen Frauen es waren, die auf sie eingeschlagen hatten. Er verstieß die Täterinnen ohne viel Federlesens. Die Behinderte wurde von ihren Verletzungen geheilt. Sie lebte noch lange mit ihrem Mann zusammen.

Der Schwache und der Starke

Vor langer Zeit lebte ein Schafhirte in einem kleinen Dorf. Er war schwach. Ab und zu begab sich ein Starker zu ihm hin, verprügelte ihn, schnitt einem Schaf die Gurgel mit dem Messer durch und nahm es mit. Wenn Ersterer zu Hause ankam, enthäutete er das Tier, briet und verzehrte es. Dann ging er wieder zum Schwachen und schmiss ihm die Haut vor die Füße. Letzterer räucherte sie und bewahrte sie auf.

Bald blieb nur noch ein einziges Schaf übrig. Der Starke kam, schlug den Hirten mit der Peitsche und prügelte dessen Mutter bewusstlos, die in der Nähe wohnte. Er glaubte, er hätte sie totgeschlagen. Nachdem er das letzte Schaf der Herde abgeschlachtet hatte, trug er es weg.

Am nächsten Morgen versteckte der Schwache seine Mutter und ging zum Markt, um die Häute zu verkaufen. Dort gingen sie wie warme Semmeln weg. Der Hirte kehrte nach Hause zurück. Als der Starke bei ihm vorbeikam, um die letzte Haut zurückzugeben, traf er ihn beim Abrechnen an.

„Woher hast du so viel Geld genommen?“, fragte der Starke. Ihm fielen fast die Augen aus dem Kopf.

„Ich habe das Fleisch meiner Mutter, die du gestern totgeprügelt hast, auf dem Markt verkauft“, antwortete der Hirte.

„Soll das heißen, dass ich auch einen Abnehmer für die Leiche meiner Mutter finden würde, wenn ich sie umbrächte?“

„Weißt du denn nicht, dass es zur Zeit eine große Nachfrage nach Menschenfleisch besteht?“

Als der Starke das hörte, machte er einen Freudensprung. Er rannte zu seiner armen Mutter und tötete sie. Am nächsten Morgen trug er ihre Leiche zum Markt. Niemand kaufte sie. Da wurde er sich darüber klar, dass der Hirte ihn belogen hatte. Er beschloss, ihn zu beseitigen. So machte er sich auf den Weg. Er rannte wie ein Besessener. Doch als er bei dem Schwachen ankam, stellte er zu seiner großen Enttäuschung fest, dass er sein Haus niedergerissen und sich aus dem Staub gemacht hatte. Er war nämlich mit seiner Mutter aus dem Dorf geflohen.

Der Panter und der Hund

Vor vielen Jahren, da stritten sich der Panter und der Hund um dasselbe Jagdgebiet. Eines Tages begegnete die Schildkröte den beiden Feinden. Sie fragte, was los war. Man erklärte ihr das Problem, hierauf teilte sie das Gebiet in zwei Zonen und fragte die beiden Seiten, ob der Konflikt damit beigelegt war. Sie antworteten mit ja. Der Panter fraß alle Tiere in seiner Zone und fing an, in der des Hundes heimlich zu jagen. Bald bemerkte Letzterer, dass das Wild immer seltener wurde. So stellte er ein Chamäleon als Wärter seiner Zone ein. Doch der Panter kam und fraß das Chamäleon. Der Schwanz des Opfers, der übrig blieb, nahm die Farben des Täters an.
Als der Hund kam, um den Wärter zu fragen, ob er inzwischen einen Dieb gesehen hatte, fand er zu seinem großen Entsetzen nur den Schwanz vor. Er nahm ihn mit.
Einige Tage später stellte er eine Aufseherin ein: Es handelte sich um eine Taube. Diese setzte sich auf den einzigen Baum des grasbewachsenen Gebietes, sodass sie einen Überblick hatte.
Der Panter kam wieder in der Zone des Hundes an, stürzte sich auf ein Gnu und drehte ihm den Hals um. Während er die Jagdbeute fraß, flog die Taube zum Hund und benachrichtigte ihn davon. Letzterer lief schnell zu seiner Zone hin. Als er den Dieb sah, der die Hälfte des Wildes bereits verzehrt hatte, rief er:
„Du bist also der Dieb!“

Er erhob Klage gegen ihn. Am Gerichtstag sagte die Taube als Belastungszeugin aus. Die Schildkröte, die die Richterin war, sprach den Panter schuldig und verurteilte ihn zum Tode. Das anwesende Publikum tötete ihn sofort und teilte sein Fleisch. Der Hund bekam den Löwenanteil.

Der Panter, der Feldhase und der Löwe

Es war einmal ein Mann, der allein lebte. Eines Tages lud er den Panter und den Feldhasen zu sich ein. Er vertraute dem Säugetier mit gelbem, schwarz geflecktem Fell ein männliches sowie ein weibliches Hauskaninchen an und sagte zu ihm: „Nimm sie mit und füttere sie. Wenn sie sich vermehren werden, werde ich dich für deinen Dienst belohnen.“ Dann gab er dem Feldhasen eine Henne und einen Hahn und sagte dasselbe.

Einige Monate später konnte man viele Küken auf dem Hof des Hasen und viele junge Kaninchen vor dem Haus des Panters sehen. Eines Tages rief der Hase den Panter herbei und gab ihm Folgendes zu bedenken: „Warum sollten wir die Tiere eines Menschen züchten und nicht fressen?“ Auf dem Hof des Hasen stand ein Guavenbaum. Nach einer Weile fuhr er fort: „Wenn du morgen um acht Uhr die Hühner schreien hörst, dann bedeutet es, dass ich mindestens vier davon fangen und braten werde.“ Nachdem der Panter das alles gehört hatte, ging er nach Hause zurück.

Am nächsten Morgen streute der Pfiffikus den Hühnern Maiskörner auf den Boden. Während sie daran pickten, kletterte er auf den Guavenbaum. Plötzlich sprang er hinunter und landete inmitten der Hühner, die in Panik gerieten und zu schreien anhoben. Der Panter vernahm das Geschrei, fing vier Kaninchen und verschlang sie.

Jedes Mal, wenn er das Geflügel schreien hörte, fraß er einige Nager, die er züchtete.

Als der Feldhase feststellte, dass es nur noch ein Kaninchen beim Panter gab, begab er sich zu dem Mann hin, der ihnen Tiere anvertraut hatte, und informierte ihn darüber, dass diese bereits Junge bekommen hatten. Der Mensch legte einen Termin fest, wo diese Tiere zu ihm getragen werden sollten.

Die Zeit verging wie im Fluge...

Der Hase stellte die Hühner in einen Korb. Der Panter dagegen zog sich ein Gewand an und versteckte das Kaninchen in seiner Tasche. Beide machten sich auf den Weg. Bald trafen sie beim Besitzer ein. Als Letzterer das schwarz gefleckte Tier fragte, ihm alles zu geben, was es mitgebracht hatte, holte es den Nager aus seiner Tasche und warf ihn ihm vor die Füße. Der Mann sagte, dass der Hase an der Reihe sei. Letzterer stellte seinen Korb ab, nahm die Henne, den Hahn sowie die Küken daraus und warf ihnen Maiskörner vor. Der Mann fragte den Panter: „Bis heute haben sich die Kaninchen nicht vermehrt? Wo ist das Weibchen?“ Da der Panter nichts antwortete, verpasste ihm der Mensch eine Ohrfeige. Dann schenkte er dem Hasen das Kaninchen sowie drei Küken als Belohnung für den guten Dienst, den er ihm erwiesen hatte. Der Empfänger bedankte sich und sagte, er werde das Kaninchen sofort mitnehmen und die Küken erst am nächsten Tag holen kommen. Die Gäste nahmen Abschied von dem Mann und machten sich auf den Heimweg.

Unterwegs sagte der Panter mit zorniger Stimme:

„Du hast mich von vorn bis hinten belogen!“

„Das ist nicht wahr! Siehst du, ich fraß Küken jeden Tag, aber ihre Zahl schien nicht zurückzugehen! Es gab derer zu viel! Mein Freund, ich werde auch das

Nagetier, das ich geschenkt bekommen habe, mit dir teilen“, sagte der Hase, um den Panter zu beschwichtigen.

Als sie sich ihrem Wohnort näherten, töteten sie das Kaninchen. Da sagte der Hase zu seinem Gesprächspartner: „Wir müssen das Fleisch braten, bevor wir es verzehren. Leider haben wir kein Feuer hier.“ Dann deutete er mit dem Finger auf die untergehende Sonne, die den Horizont glutrot gefärbt hatte, und fuhr fort: „Schau dort! Das ist Feuer! Geh es holen. Gleich nach deiner Rückkehr werden wir unser Geschenk braten.“

Der arme Panter ging Feuer holen. Zwischendurch zog der Betrüger dem Kaninchen das Fell ab und versteckte das ganze Fleisch in einem Loch, das in der Nähe war. Als der Betrogene unverrichteter Dinge zurückkam, sah er nichts anderes als das Fell des getöteten Tieres auf dem Boden. Der Schwindler feixte und fing an zu laufen. Der Panter machte sich auf seine Verfolgung. Zehn Minuten später lief der gehetzte Nager in ein Haus, in dem der Löwe wohnte, und informierte ihn darüber, dass er vom Panter verfolgt wurde. Dann bat er den Löwen, ein Auge zuzumachen. Der Verfolger stürzte ebenfalls wie ein Wirbelwind herein. Doch als er den König der Tiere neben dem Feldhasen sah, blieb er stehen. Nach einer Weile fragte er den Löwen:

„Bist du krank?“

„Ja“, antwortete ihm der König unter Stöhnen.

„Hast du kein Arzneimittel für dein Auge gefunden?“, erkundigte sich das Tier mit schwarz geflecktem Fell.

Der Feldhase antwortete anstelle des Löwen.

„Ich kenne das Heilmittel für sein Auge. Man muss die Ohren eines Panters mit Honig einnehmen.“

Daraufhin näherte sich der Löwe dem Panter und biss ihm ein Ohr ab. Dann schmierte er sich Honig darauf und schluckte es. Als er sich anschickte, um noch einmal an das Opfer heranzutreten, stürzte dieses nach draußen. Der Löwe setzte ihm nach. Der Feldhase nahm den Rest des Honigs mit. Er begab sich zu der Stelle, wo er das Fleisch versteckt hatte, nahm es aus dem Loch heraus und trug es nach Hause. Inzwischen fing der Löwe den Panter und fraß ihn.

Tags darauf holte der Feldhase seine drei Küken bei dem Mann ab, der sie ihm geschenkt hatte.

Der Hund und die Eidechse

Vor geraumer Zeit war der Hund mit der Eidechse gut befreundet. Wenn Ersterer nicht da war, half die Eidechse seinem Herrschen beim Spülen. Nach zehn Jahren blieb ihre Freundschaft ungetrübt.
Doch bald kamen der Eidechse Bedenken. Eines Tages, als der Hund sie aufsuchte, brachte sie es zur Sprache. „Du bist mir ein alter Freund. Ich habe erfahren, dass du fast jeden Tag Tiere erbeutest. Warum teilst du nie die Beute mit mir? Ich frage mich, ob du ein wahrer Freund bist.“
Der Hund war überrascht, dass das Reptil angefangen hatte, an ihm zu zweifeln. Seine Antwort ließ auf sich nicht warten.
„Du bist mein Busenfreund, infolgedessen kann ich dir nichts verheimlichen. Es stimmt, dass ich Jäger bin. Indes, wenn ich ein Wild fange, bekomme ich kein einziges Stück davon ab. Mein Herrschen verkauft es. Weshalb sollte ich dich belügen? Ich bin nach wie vor aufrichtig zu dir. Aber wenn du glaubst, dass ich dabei bin, dir Lügen aufzutischen, dann lade ich dich morgen zur Jagd ein. Du wirst auf einen Baum klettern und sehen, was mir passieren wird, wenn ich ein Wild erbeuten werde.“
Am nächsten Morgen begleitete die Eidechse den Hund und dessen Herrschen zum ersten Mal in den Busch. Wie abgemacht kletterte Erstere auf einen Baum und schaute ihrem Freund bei der Arbeit zu. Bald fing Letzterer ein Wildschwein. Die Beobachterin sah mit eigenen Augen, wie das Herrschen dem Hund die Beute

aus der Schnauze riss und ihn in das Hinterteil trat. Da nickte die Eidechse.

Wenn dieses Tier beim Kriechen sich an jene Freundschaft erinnert, bleibt es stehen und nickt mit dem Kopf, bevor es weiterkriecht. Mit dieser Kopfbewegung bestätigt es, dass der Hund ihm seinerzeit die Wahrheit gesagt hatte.

Zwei Diebe

Es war einmal ein Jamswurzelfeld, das in einem Dorf lag. Eines Morgens ging ein Mann hin, um ein paar Knollen zu stehlen. Er war kahlköpfig.

Ein zweiter Dieb ging aus seinem Haus und machte sich auf den Weg. Auch er wollte in demselben Feld stehlen. Die zwei Personen kannten sich nicht.

Als der Kahlkopf den zweiten Dieb kommen sah, glaubte er, es ginge um den Pächter, und versteckte sich schnell in einem Büschel Jamswurzelblätter. Er wusste jedoch nicht, dass sein Kopf nicht ganz bedeckt war. Zufälligerweise fing der zweite Mann an, dieselbe Jamswurzel auszugraben, in deren Nähe der Erste sich versteckt hielt. Da es in der Nacht geregnet hatte, war die Erde feucht. Der zweite Dieb grub eine Minute und hielt inne, denn der Matsch klebte an seiner Hacke fest. Er blickte umher, weil er einen Stein brauchte, um die klebrige Erde von seinem Werkzeug zu lösen. Als sein Blick auf den Kopf desjenigen fiel, der zuerst da war, dachte er, dass es sich um einen Stein handelte. Er schlug mit der Hacke darauf. Da sprang der Glatzkopf auf und ergriff die Flucht. Zur gleichen Zeit sauste auch der zweite Dieb davon, denn er dachte, der Pächter hätte sich auf die Lauer gelegt, um ihn zu halten. Er lief in die andere Richtung.

‚Gott sei Dank, der Pächter hat mich nicht gefasst!', dachte jeder der beiden Diebe, nachdem er seine Türschwelle überquert hatte.

Der alte Mann und seine drei Söhne

Es war einmal ein alter Mann, der drei Söhne hatte. Da die Kinder keine Mutter mehr hatten, mussten sie den Vater pflegen und die Hausarbeit machen.

Doch eines Tages verließen sie den Alten und übersiedelten in ein anderes Dorf. Dort ließ sich der älteste Sohn von seinen Brüdern als Erben einsetzen. Sie schlachteten ein Rind, zogen ihm die Haut ab und umhüllten den Erben damit. Sein neues Kleid lag eng an seinem Körper. Je mehr die Zeit verging, desto härter wurde die Tierhaut. Und je größer der Erbe wurde, desto enger wurde ihm sein Kleid. Bald fiel ihm das Atmen schwer. Seine Brüder versuchten vergeblich, ihn auszuziehen. Es blieb ihnen nichts anderes übrig, als ihn zu dem Vater zu bringen.

Als sie alle dort ankamen, sagten zwei von ihnen unter Tränen:

„Papa, wir waren der Ansicht, dass du sehr alt warst, und dass du infolgedessen sehr bald dahinscheiden solltest. Wir hatten gewartet, aber da Gott dich noch nicht zu sich rufen wollte, wurden wir ungeduldig und hatten unseren ältesten Bruder zum Erben gemacht. Wir hatten ihm eine Tierhaut angezogen, damit er wie ein Erwachsener aussah, zumal keiner von uns behaart war. Aber jetzt will sie ihn umbringen, er atmet kaum."

Der Vater sagte ihnen:

„Warum seid ihr zurückgekommen? Wisst ihr, mit zunehmendem Alter sind nicht nur meine physischen Kräfte geschwunden, sondern auch meine geistigen

Fähigkeiten. Es tut mir Leid, ich kann nichts für euch tun.“

Sie warfen sich vor ihm auf die Knie, flehten ihn an, ihrem Bruder vor dem sicheren Tod zu retten, und schworen ihm, die Tradition nie wieder zu übertreten. Der Alte hörte das mit Genugtuung und gab ihnen den Rat, ihren Bruder in den Fluss zu tauchen.

Sie brachten ihn sofort dorthin und tauchten ihn ins Wasser. Die Tierhaut wurde weich, und sie zogen ihn endlich aus. Alle drei atmeten auf. Sie gingen ins Elternhaus zurück und dankten dem Vater für die rettende Lösung.

Die Hyäne und der Feldhase

Eines Morgens begegnete die Hyäne dem Feldhasen und bat ihm, ihr die Haare zu flechten. Der Feldhase sagte ihr, er benötige dafür vier Hocker und vier Nägel. Nachdem das Material gekauft und ihm gegeben wurde, brachte er die Hyäne unter einen Baum, stellte die Hocker übereinander und bat sie, sich darauf zu setzen. Anschließend stieg er auf den Baum und machte sich an die Arbeit. Jedes Mal, wenn er einen Zopf flocht, nagelte er ihn an den Ast, auf dem er saß. Er flocht insgesamt vier. Als er mit der Arbeit fertig war, sagte er, er möchte vom Baum herunterklettern, um zu sehen, ob die Zöpfe gelungen seien. Aber gleich nachdem er davon heruntergestiegen war, entfernte er die Hocker und warf sie weg. Dann begab er sich aus dem Ort fort, die Hyäne zwischen Himmel und Erde lassend.
Da kam der Panter des Weges. Er war von fünf Jungen gefolgt. Die Hyäne, die mit den Beinen baumelte, rief ihn zu Hilfe. Nach kurzem Besinnen kletterte er auf den Baum herauf und schnitt mit den Zähnen den Zweig ab, an den die Haare der Hyäne angenagelt waren. Letztere fiel mit lautem Krach auf den Boden und heulte. Obwohl sie froh war, wieder festen Boden unter den Füßen zu haben, sagte sie zu ihrem Retter:
„Au! Du wolltest mich nur töten?“
Der Panter antwortete:
„Ich habe dir geholfen. Bin ich denn böse? ... Sollte ich dir etwas zuleide getan haben, verzeih mir.“
Dann ging er mit seinen Jungen weiter. Die Hyäne rief ihm nach.
„Kann ich auch mit in dein Dorf?“

Der Panter blieb stehen, drehte sich nach ihr um und nickte zustimmend. Sie holte die Gruppe ein. Der Panter marschierte an der Spitze, die Hyäne am Schluss des Zuges.

Plötzlich ließ das Junge, das direkt vor der Nase der Hyäne war, einen fahren. Letztere beschwerte sich darüber beim Panter, der ihr sagte, sie solle dem Kleinen, um das es ging, einen Fußtritt geben, und es nach hinten schicken. Er sagte es, ohne sich umzudrehen. Die Hyäne schlug das Jungtier und verschlang es. Zehn Minuten später furzte auch das zweite Junge. Die Hyäne beklagte sich bei dem Tier, das vorneweg marschierte, es sagte dasselbe, und sein Kleines wurde geschluckt. Auf diese Weise verschwanden zwei andere.

Als der Panter sich umdrehte, stellte er zu seinem großen Entsetzen fest, dass es nur noch ein Junges gab. Die Hyäne ergriff die Flucht. Der Panter machte sich an ihre Verfolgung. Sie stieß wenig später auf jenen Feldhasen, der ihr die Haare geflochten hatte, und fragte ihn:

„Bist du nicht derjenige, der mich an einem Baum aufhängen wollte?“

Der Feldhase negierte. Aber sie hatte keine Zeit, das zu überprüfen. Sie sagte ihm, dass sie verfolgt werde. Er legte ihr nahe, sich in der Höhle zu verstecken, neben der sie standen. Sie ging rasch hinein. Ihr Verfolger kam völlig außer Atem an. Der Feldhase stellte sich ihm vor. Der Panter erzählte ihm, was passiert war. Auf die Frage, was er denn vorhabe, antwortete er, dass er die

Hyäne fressen wolle. Das Tier mit langen Hinterpfoten schickte ihn eine Liane im Wald holen.
Nach zehn Minuten kam er zurück. Der Hase schickte ihn zwei Knüppel holen. Inzwischen machte Ersterer eine Schlinge an der Liane und schob sie der Hyäne zu. Dann riss er ihr ein paar Haare aus und sagte ihr: „Du sollst nicht die Schlinge um den Vorderlauf fest ziehen, der langsam ins Loch eingeführt sein, sondern um denjenigen, der brutal eindringen wird.“
Bald kam der Panter mit den Knüppeln zurück. Der Feldhase führte seine Vorderpfote langsam in die Höhle ein und tat, als ob er die Hyäne daraus zöge. Nach einer Minute nahm er seinen Lauf daraus, zeigte dem Panter die wenigen Haare und sagte: „Ich habe die Hyäne am Kopf gepackt. Da ich aber nicht stark bin, habe ich ihr nur ein paar Haare ausreißen können.“
Er verstreute die Haare auf dem Boden. Der Panter hieß ihn zur Seite treten, näherte sich dem Bau und sagte in drohendem Ton: „Ich werde diese böse Hyäne mit Gewalt aus dem Schlupfloch ziehen!“
Als er seine Pranke in die Höhle hineinsteckte, zog die Hyäne die Schlinge darum fest und band die Liane an einen Stock. Sie schlüpfte heraus und dankte dem Feldhasen dafür, dass er sie vor dem sicheren Tod bewahrt hatte. Dann knüppelten beide den Panter, bis der Tod eintrat. Anschließend zogen sie ihm die Haut ab und teilten sich das Fleisch. Die Hyäne wählte den Rumpf aus, der Feldhase bekam die Gliedmaßen und den Kopf. Sie zankten sich um die Haut. Schließlich entschieden sie sich für ein Duell. Der Sieger sollte die ganze Haut mitnehmen. Der Feldhase sagte zu seiner Herausforderin:

„Da du stärker bist als ich, muss ich vor dem Kampf nach einem Mittel suchen, um die Ungleichheit auszugleichen... Ich bin gleich wieder da!“

Die Hyäne sah, wie ihr Gegner sich entfernte, und brach in lautes Lachen aus. Sie war sicher, dass sie als Siegerin aus dem Duell hervorgehen sollte. Nach drei Minuten kam der Feldhase mit gemahlenem Pfeffer in der Hand zurück. Die beiden Tiere gingen in Stellung. Während sie sich mit Blicken maßen, streute der Feldhase der Hyäne das pikante Pulver in die Augen. Letztere fiel zu Boden und gab sich geschlagen. Allerdings warnte sie den Sieger: „Du hast gewonnen, die Haut des Panters gehört dir, aber gib Acht, dass die Fliege sie nicht berührt!“

Nachdem sie das gesagt hatte, stand sie auf, trug den Rumpf und begab sich aus dem Ort fort. Der Feldhase breitete die Haut des Panters auf dem Boden aus, damit sie sich trocknen konnte. Dann trug er die Gliedmaßen in die Höhle.

Inzwischen setzte sich eine Fliege auf die Haut draußen und holte somit den Panter ins Leben zurück. Als der Feldhase wieder nach draußen kam, sah er das Gespenst vor sich und schauderte vor Angst. Er konnte es nicht fassen. Nach einer Weile ergriff er die Flucht. Der Panter setzte ihm nach. Bald traf der flüchtige Nager auf die Hyäne. Diese war dabei, Pilze im Busch zu sammeln, zumal das Fleisch unterwegs verschwunden war. Der Feldhase ließ sie wissen, dass er vom Panter verfolgt wurde, aber sie wollte ihm nicht glauben. Als der Verfolger die Hyäne erblickte, erkannte er sie an ihren Haaren. Er näherte sich ihr, griff nach ihrem Schwanz, aber sie sprang jählings und ihr Schwanz

rutschte ihm aus den Krallen. Sie fing an zu laufen. Wenig später holte sie den Feldhasen ein. Beide hörten einen Trommelwirbel in der Ferne und ließen sich dadurch leiten.
Bald stießen sie auf den Platz, wo eine Gruppe im Rhythmus von der Trommel tanzte. Sie schlossen sich ihr an und begannen auch sich zu wiegen. Zwanzig Sekunden später traf auch ihr Verfolger ein und mischte sich unter die Tänzer. Die Musik war so schön, dass er beim Tanzen die Hyäne und den Feldhasen vergaß. Und während er Verrenkungen machte, stahlen sich die beiden weg.

Der Panter und die Henne

Eines Abends vereinbarten der Panter und die Henne, dass sie am nächsten Tag um zwölf Uhr Nussrispen schneiden gehen sollten.

Aber entgegen ihrer Abmachung begab sich die Henne im Morgengrauen allein in den Wald. Dort kletterte sie auf die Ölpalme herauf und schnitt die Nussrispe. Anschließend kam sie herunter und trug sie nach Hause, wo ihre Küken ihr halfen, Öl aus den Nüssen auszupressen. Dann warf sie die Schalen weg und stellte das Fett in eine dunkle Ecke. Schließlich stellte sie ein Fass aus Metall aufs Feuer und goss eine große Menge Wasser hinein. Als die Flüssigkeit siedend heiß wurde, versteckte sie sich hinter der Tür.

Schlag zwölf Uhr kam der Panter und traf nur die Küken zu Hause an. Diese weinten. Auf die Frage, wo denn ihre Mutter sei, antworteten sie mit tränenerstickter Stimme, dass sie in das Wasser hineingefallen sei, das aufgesetzt war. Der Panter stieg ohne Zögern auf das Fass, um seine Freundin zu retten. Er stellte sich an den Rand.

Während er in den Boden des Behälters hineinblickte, kam die Henne hinter der Tür hervor und schrie so laut, dass er vor Angst aufschrak, aus dem Gleichgewicht kam und ins kochende Wasser plumpste. Die Henne holte das Palmöl und goss es in das Fass hinein. Eine Stunde später war die Speise fertig. Die Henne und ihre Küken genossen sie. Es war ein reichliches Mittagessen.

Das Kind und der Vogel

An einem Samstag schickte eine Frau ihr Kind Erdnüsse säen. Mit Ausnahme eines Kornes, das auf den Boden fiel, aß das Kind die Saat unterwegs auf. Ein Vogel las jenes Korn von der Straße auf und säte es.

Während der Junge einige Monate später in der Savanne spazieren ging, sah er eine Erdnuss. Als er sich nach vorn beugte, um die Pflanze herauszureißen, sagte der Vogel, der auf einem Ast saß: „Kiklop, Kiklop, sekele we." Der Junge richtete sich auf, lief schnell zu seiner Mutter und erzählte ihr, was passiert war. Sie hielt diese Geschichte für unglaublich. Der junge Mensch führte sie zu der Stelle, wo die Erdnuss war. Kaum hatte sie sich gebückt, als sie den Vogel rufen hörte: „Kiklop, Kiklop, sekele we." Die Frau und das Kind holten schnell einen Zauberer. Letzterer fing den Vogel und schenkte ihn dem Jungen, der ihn direkt in seine Tasche tat. Er freute sich darüber.

An einem Sonntagnachmittag ging er im Dorf spazieren. Nachdem er eine halbe Stunde flaniert war, bekam er Hunger und ließ sich vom Duft der Tomatensauce leiten, der ihn zum Haus einer Greisin führte. Als er bei ihr eintraf, hatte sie Reis bereits gekocht. Das Kind sagte ihr, seine Tasche würde sprechen, wenn sie ihm vom Essen gäbe. Bald war die Speise fertig. Die neugierige Frau servierte den Jungen. Letzterer aß, tat den Rest in seine Tasche. Der Vogel fraß davon und sprach.

Der Junge begab sich hinaus und ging weiter. Er marschierte noch dreißig Minuten, dann trat er in die

Hütte einer anderen alten Frau. Sie war dabei, Maniok-couscous mit Kürbiskernsauce zuzubereiten. Er unterbreitete ihr dasselbe Angebot, was sie zuerst annahm. Als das Essen fertig war, sagte sie ihm, er solle zuerst Wasser holen gehen, bevor sie ihn serviere. Sie gab ihm einen Kanister und er machte sich sofort auf den Weg.

Die neugierige Greisin öffnete die Tasche des Kindes, und der Vogel entflog daraus. Als der Junge vom Fluss kam, sagte die Alte, sie habe es sich anders überlegt, und komplimentierte ihn hinaus.

So wanderte er weiter. Wenig später kam er in eine Kneipe, wo ungefähr zehn Männer dabei waren, Palmwein zu trinken. Er sagte ihnen, dass seine Tasche sprechen werde, wenn sie ihm eine Flasche spendierten. Die Männer schenkten ihm gleich drei Flaschen. Nachdem er zwei hiervon hinuntergeschluckt hatte, öffnete er die dritte und goss die Hälfte in seine Umhängetasche. Aber man hörte keinen Ton. Er schüttelte sie sogar, vergebens. Enttäuscht, warfen sich die Trinker über ihn her und schlugen ihn bewusstlos.

Frau Mabelon und die Tiere

Es war einmal eine alte Frau namens Mabelon. Sie wohnte in einer Straße, die zum Feld der Tiere führte. Diese gingen öfters zur Arbeit, und im Vorbeigehen sagten sie zu ihr:
„Guten Morgen, Frau Mabelon!"
Sie antwortete: „Guten Morgen, liebe Freunde!", und verteilte Süßkartoffeln an sie.
Sie knabberten daran, während sie auf der Gasse marschierten. Auch auf dem Rückweg grüßten sie sie, bevor sie weitergingen. Das war zum Ritual ihrer Freundschaft geworden.
Aber eines Morgens sagte der Panter zu den anderen Tieren: „Geht voraus, ich komme nach. Meine Machete ist stumpf geworden, ich muss sie jetzt feilen." Die anderen Tiere machten sich also auf den Weg. Als sie die Hütte der alten Frau erreichten, grüßten sie sie, und sie gab ihnen zu essen. Dann gingen sie weiter. Gleich nachdem sie auf dem Feld angekommen waren, begannen sie mit der Arbeit.
Der Panter ging aus dem Haus. Eine Viertelstunde später blieb er vor dem Haus der Greisin stehen und rief zu ihr hinein:
„Guten Morgen, Frau Mabelon! Wo ist mein Essen?"
„Ich habe alles an deine Freunde verteilt, erst morgen werde ich wieder das Essen zubereiten", erklärte die alte Frau.
„Was? Ich will nichts davon wissen! Wenn du mir nichts zu fressen gibst, werde ich dich fressen!", drohte das wilde Tier.
„Mein Freund, ich habe nichts Essbares im Haus. Du

kannst es durchsuchen, wenn du willst. Ich habe dir vorhin gesagt, dass ich erst morgen das Essen kochen werde“, erwiderte die Greisin.
Der böse Panter machte sich über die arme Dame her, drehte ihr den Hals um und fraß sie. Nur zwei Knochen blieben übrig. Der Übeltäter warf sie hinaus, nahm seine Machete und ging weiter.
Ein Vogel las die beiden Knochen auf und brachte sie auf einen Hügel, wo seine Trommel stand.
Inzwischen war der Panter auf dem Acker angekommen. Er arbeitete mit seinen Freunden bis fünfzehn Uhr. Die Knochen dienten dem Vogel als Schlegel. Wenn er die Trommel schlug, machte sie: „Tung nung dung.“ Als die Freunde des Panters sagten, dass man Feierabend mache, nahm er die Tatsache zum Vorwand, dass er nach ihnen gekommen war, um auf dem Feld weiterzuarbeiten. Die anderen Tiere machten sich also auf den Rückweg und ließen ihn allein. Als sie am Haus der alten Frau vorbeigingen, die ihnen am Morgen Süßkartoffeln gegeben hatte, riefen sie: „Guten Tag, Frau Mabelon!“
Da niemand antwortete, stellten sie ihre Taschen ab und traten ins Haus. Zu ihrem größten Entsetzen sahen sie eine Blutlache auf dem Boden. Gleich verdächtigten sie den Panter, dieses Verbrechen begangen zu haben. Aber das war nur eine Vermutung.
Sie begaben sich heim und warteten, bis das Säugetier mit gelbem, schwarz geflecktem Fell auch zurückkam. Man setzte einen Topf voller Wasser aufs Feuer. Es war vereinbart, dass man das Wasser zum Sieden bringen

und dass man nach der Reihe Folgendes laut sagen sollte: „Kochendes Wasser, wenn ich Frau Mabelon getötet habe, ke nung, ke nung, ke nung!“ Bald erreichte das Wasser den Siedepunkt. Das erste Tier schrie: „Kochendes Wasser, wenn ich Frau Mabelon getötet habe, ke nung, ke nung, ke nung!“ Nichts passierte. Der Vogel, der auf dem Hügel war, vernahm den Ruf und kam geflogen. Viele andere Tiere sprachen zu dem Kochtopf, aber ihre Worte wirkten auf seinen Inhalt nicht. Als der Panter an der Reihe war, sagte er mit lauter Stimme: „Kochendes Wasser, wenn ich Frau Mabelon getötet habe, ke nung, ke nung, ke nung!“ Sogleich verschwand die durchsichtige Flüssigkeit im Topf, wie durch Zauberhand. Man drehte dem Täter den Hals um und beerdigte ihn.

Die Trauerfeier für ihn und Frau Mabelon fand drei Monate später statt. Der Vogel brachte seine Trommel und fing an, sie zu schlagen. Sie dröhnte: „Tung nung dung.“ Dann stimmte er das folgende Lied an: „Der Panter hatte diejenige umgebracht, mit deren Knochen ich die Trommel schlage.“

Während er die Trommel schlug, sangen und tanzten die anderen Tiere im Kreis unter Tränen.

Zwei Freunde und der Honig

Eines Morgens vereinbarten zwei Freunde, dass sie um siebzehn Uhr gemeinsam Honig sammeln gehen sollten. Doch entgegen ihrer Abmachung begab sich der erste Mann um sechzehn Uhr in den Busch. Als der zweite Mann ihn eine Stunde später abholen kam, stand er vor verschlossener Tür. Da verwandelte er sich sogleich in einen Leoparden und eilte in den Busch. Dort blieb er unter dem Baum stehen, in dessen Stamm sie vier Tage zuvor einen Bienenschwarm entdeckt hatten. Der Bienenstock war nämlich eine Höhle. Wie der Leopard aufblickte, sah er den Kerl auf dem Baum. Rauch stieg aus der Höhle auf, die Bienen selbst waren davor geflohen, um nicht zu ersticken. Das Säugetier drohte: „Ich werde hinaufklettern und dich fressen!“ Als der Mensch das hörte, blickte er hinunter. Er sah den Fleischfresser und zuckte zusammen. Nach kurzem Besinnen steckte er seine Hand in die Höhle ein, nahm einige Bienenwaben daraus und warf sie zum Leoparden herunter. Letzterer fiel sofort darauf her.

Während das Tier Honig leckte, kletterte der Mann vom Baum herunter und jagte davon. Er kehrte zwar unverrichteter Dinge zurück, aber er war froh, in die Klauen des Leoparden nicht geraten zu sein. Letzterer verwandelte sich in einen Menschen zurück, stieg auf den Baum, holte die restlichen Waben herunter und begab sich heim.

Die Entdeckung des Raphiaweins

Es war einmal ein Jäger, der in einem Dörfchen lebte. Eines Morgens ging er auf die Jagd und sah einen Büffel beim Äsen. Als das Säugetier den Kopf plötzlich hob und seiner gewahr wurde, fing es an zu rennen. Der Mann nahm seine Verfolgung auf. In seinem wilden Lauf stürzte der Wiederkäuer eine Raphia um, die in einem Tal war. Eine weiße Flüssigkeit fing an aus der Pflanze zu tröpfeln. Der neugierige Jäger blieb dort stehen, fing eine kleine Menge davon in seinen Handteller auf und probierte sie. Sie hatte einen süßen Geschmack. Da wusste er, dass sie trinkbar war. So wurde der Raphiawein entdeckt. Der Jäger ging ins Dorf zurück und verbreitete die gute Nachricht.

In der Abenddämmerung ging er mit vier Leuten in den Busch. Jeder von ihnen hielt ein Messer sowie zwei kleine leere Flaschen in Händen. Sie machten eine Höhle in jede Raphia, befestigten einen Flaschenhals daran und kehrten zurück.

Nachtsüber tröpfelte der Wein in die Behälter. Diese waren alle voll, als die Männer im Morgengrauen mit fünf leeren Kanistern ankamen, die je zwei Liter fassten. Jeder füllte Wein in seinen Kanister und befestigte die kleinen Flaschen erneut an die Raphia. Die Männer trugen das Getränk unter fröhlichem Singen zum Dorf.

Die Gazellen

Eines Tages, als das Wetter schön war, streiften eine Gazelle und ihr Kleines durch die Savanne. Sie waren auf der Suche nach etwas, was sie fressen konnten. Während sie so auf einem der Pfade marschierten, fragte das Jungtier seine Mutter:
„Wie heiße ich eigentlich?“
„Nur Geduld! Du wirst es erfahren“, antwortete die Alte.
„Auch weiß ich deinen Namen nicht. Kannst du es mir wenigstens sagen?“
„Du wirst das auch erfahren“, sagte das Muttertier ruhig.
Eine halbe Stunde später stießen sie plötzlich auf ein Maisfeld. Es war Erntezeit. Die beiden Tiere schälten einen Kolben und fraßen ihn. Sie waren schon im Begriff, den Kolben einer zweiten Pflanze abzubrechen, als die Bäuerin, der das Feld gehörte, ankam und schrie: „Oh Gott! Die Gazellen fressen mein Getreide! Haut ab!“
Sie warf einen Stein nach ihnen und sie liefen weg. Drei Minuten später fingen sie an, langsam zu gehen. Da sagte das Muttertier zu seinem Kleinen: „Hast du gehört? Wir beide heißen Gazellen, wie der Mensch uns soeben genannt hat.“

Der Tod des alten Mannes

Es war einmal ein alter Mann. Als er seinen baldigen Tod spürte, rief er seine vier Söhne und fragte sie, was sie anlässlich seiner Trauerfeier tun würden. Der Älteste antwortete, dass er zwei Rinder schlachten lassen würde. Das zweite Kind sagte, es würde zehn Ziegen zubereiten. Der dritte Sohn erwiderte, dass er sieben Schafe kaufen würde. Was den Jüngsten betrifft, er behauptete, er würde ein Teufelsherz auf seinem Grab niederlegen.

Tags darauf entschlief der Vater. Man trug ihn am selben Tag zu Grabe.

Die Trauerfeier erfolgte neun Monate später. Es war so üblich. Die drei ersten Kinder stellten den Gästen alles zur Verfügung, was sie versprochen hatten.

Der Letztgeborene machte sich auf den Weg zu dem Ort, wo das Grabmal des verstorbenen Vaters lag. Unterwegs begegnete er einer Teufelin, die dabei war, ihr Baby zu stillen. Sie bat ihn, auf den Säugling aufzupassen, und ging Wasser holen. Aber als sie vom Fluss kam, stellte sie fest, dass der junge Mann das Baby getötet und dessen Herz herausgeschnitten hatte. Das brachte sie in Rage. Sie sah den Mörder in der Kurve und nahm seine Verfolgung auf. Sie brüllte ihm zu: „Ich werde dich auch umbringen!"

Bald flüchtete der flüchtige Mensch in ein einsames Haus, in dem zwei Blinde wohnten. Sie fragten ihn gleich, weshalb er schwer atmete. Er ließ sie wissen, dass das Ding, das ihn verfolgte, sehr gefährlich war. Daraufhin sicherten sie ihm zu, dass sie seinen Verfolger mit den Blindenstöcken schlagen würden, die sie in der Hand hielten. Doch als sie kurz darauf die Teufelin kommen hörten, sagten sie dem jungen Mann, ihnen wäre es lieber, wenn er gehe. Denn es war, als zöge ein Orkan auf.

Das Kind eilte hinaus. Wenig später begegnete es drei kräftigen Männern, die behaupteten, sie würden seinen Verfolger zum Krüppel schlagen. Aber als sie die Teufelin kommen sahen, bekamen sie Angst und versteckten sich im Gras. Dem Kind blieb nichts anderes übrig, als weiterzulaufen.

Es war völlig außer Atem, als es fünf Minuten später auf eine Spinne stieß. Letztere sagte ihm, sie werde es sowie das Ding schlucken, das es verfolgte. Die Teufelin näherte sich den beiden mit Orkanstärke. Da öffnete die Spinne ihren Mund und das Kind ging hinein. Die Verfolgerin kam an und wagte sich auch hinein. Die Spinne schluckte sie. Der Junge kam als Erster aus dem Anus des Achtfüßers. Kurz darauf schlüpfte auch seine Verfolgerin daraus. Die Spinne machte ihren Mund ein zweites Mal auf, das Kind und die Teufelin gingen nacheinander hinein. Der gehetzte Mensch kam erneut als Erster aus dem Hinterleib des Tieres, das ihm gleich ein Seil zeigte und ihm etwas ins Ohr flüsterte. Die Teufelin schlüpfte ebenfalls aus dem Anus der Spinne. Daraufhin machte Letztere erneut ihren Mund auf und der junge Mann ging wieder hinein. Da die Verfolgerin dem Kindesmörder um jeden Preis den Hals umdrehen wollte, ging sie auch ein drittes Mal hinein und wurde geschluckt.

Gleich nachdem der Junge aus dem After der Spinne herausgekommen war, nahm er das Seil und schnürte es um ihren Hinterleib, sodass die Teufelin darin stecken

blieb. Deshalb ist der Hinterleib der Spinne kegelförmig.
Der Junge ging weiter. Als er am Grab seines verstorbenen Vaters ankam, legte er das Herz des Teufelchens darauf nieder.

Susanne und Heinrich

Es war einmal ein Vater, der zwei Töchter hatte. Da Rebecca und Susanne heiratsfähig waren, suchte er Männer für sie aus. Aber die Mädchen schauten diese Kandidaten verächtlich an und sagten, dass sie niemals mit Bauern die Ehe schließen würden. Sie träumten davon, hohe Beamte zu heiraten. Die Familie lebte in einer Kleinstadt, die Tabalo hieß.

Ein Dörfler, der fünfzig Kilometer weiter weg wohnte, hörte von den beiden Mädchen. Er hieß Heinrich. Er war Bauer. Er mietete ein Auto, einen Anzug, einen Handkoffer sowie einen Hut. Da er nicht fahren konnte, nahm er einen Chauffeur.

Eines Morgens zog er seine neuen Kleider an, stieg in das Auto ein und ließ sich nach Tabalo chauffieren. Bei der Ankunft traf er Rebecca, Susanne und den Vater zu Hause an.

„Was führt Sie hierher?“, fragte ihn der Vater.

„Ich suche eine Frau“, antwortete der gut gekleidete Mann ruhig.

Der Vater sagte, dass er zwei heiratsfähige Töchter habe, und stellte sie ihm gleich vor.

„Welches von den beiden Mädchen begehrst du zur Frau?“, wollte der Vater wissen.

„Susanne“, antwortete Heinrich lapidar.

„Aber Papa, du hast ihn nicht einmal gefragt, was er beruflich macht“, fuhr Susanne ihren Vater an.

„Ich bin Beamter des gehobenen Dienstes“, sagte der ehewillige Mensch, um Susanne zu beruhigen.

Letztere machte einen Freudensprung. Ihr Vater stellte eine Bedingung hinsichtlich des Antrags von Heinrich: „Bevor ich dir meine Tochter zur Frau gebe, sollst du mir eine Mitgift in Höhe von 30.000 *Mbum* zahlen.“ Heinrich bezahlte einen Teil des verlangten Betrages und gab vor, dass er nicht gern mit viel Bargeld in der Tasche ausgehe. Er fügte hinzu, dass er den Restbetrag erst am nächsten Tag erbringen würde. Dann sagte er, dass sein Chauffeur auf ihn draußen wartete. Man begleitete ihn hinaus. Das schicke Auto stand neben dem Eingang des Bambuszaunes, mit dem das Haus umgeben war. Susanne sah es und stieß Freudenschreie aus. Der Vater und Rebecca waren ebenfalls tief beeindruckt. Ihnen fielen die Augen fast aus dem Kopf. Susanne gab Heinrich einen Zungenkuss, bevor er das Auto bestieg. Es fuhr mit quietschenden Reifen an. Nachdem Heinrich in seinem Dorf eingetroffen war, lieh er sich Geld von einigen Bauern. Danach zog er sich um und bestellte sein Feld einige Stunden, bevor die Sonne unterging.

Im Morgengrauen legte er erneut seine schönen Kleider an und ging an Bord. Der Chauffeur fuhr ihn zum Elternhaus seiner künftigen Frau. Ihr Vater hatte einige Familienmitglieder sowie die Nachbarn kommen lassen. Heinrich überreichte dem Familienvater die ausstehende Summe. Ersterer saß neben der Braut. Man traute das Paar nach altem Brauch. Nach der Trauung wurde gegessen, getrunken und getanzt. Am Abend zerstreuten sich die Gäste. Bevor die Familie ins Bett ging, sagte Heinrich, man solle ihn, seine Gattin und den Chauffeur um vier Uhr morgens aufwecken, er werde um halb sechs in der Großstadt, wo er wohne, ankommen und

um acht Uhr mit Susanne in die Flitterwochen fliegen, er habe den Flug bereits gebucht.
Schlag vier Uhr wurden die drei Personen wachgerüttelt. Der Chauffeur ließ den Motor an. Beim Abschied weinte Rebecca, hierauf sagte ihr Susanne tröstende Worte: „Keine Sorge! Ich werde ja fortan in einer Großstadt leben. Dort werde ich einen Beamten für dich aussuchen, dein Traum wird in Bälde in Erfüllung gehen.“ Jetzt war Rebecca beruhigt. Susanne und Heinrich stiegen in das Auto ein, gleich danach fuhr es los.
Als es anderthalb Stunden später vor einer Hütte in einem Dorf hielt, sagte Heinrich zu seiner Frau: „Ein Freund von mir wohnt hier, ich muss ihm guten Tag sagen. Ich werde auch die Gelegenheit nutzen, um dich mit ihm bekannt zu machen.“ So entstieg das jungverheiratete Paar dem Fahrzeug. Es wurde hell. Heinrich nahm den Schlüsselbund aus der Tasche und schloss die Haustür auf. Kaum dass das Paar ins Loch getreten war, als der frisch gebackene Ehemann seinen schönen Anzug auszog und in seine schmutzige Arbeitskleidung schlüpfte. Susanne stand dabei. Ihr Mann nahm zwei Hacken und eine Machete, öffnete die Hintertür, begab sich hinaus und fing an zu arbeiten. Sein Feld war ausgedehnt. Susanne kam auch nach draußen, blieb dort stehen, verschränkte die Arme und schaute Heinrich bei der Arbeit zu. Nach ein paar Minuten hob Letzterer den Kopf und sagte zu seiner Frau: „Was guckst du so an? Zieh dich lieber um und arbeite mit.“ Da brach Susanne in Tränen aus. Man hörte das Auto wegfahren. Heinrich fuhr fort: „Weshalb weinst du, mein Täubchen? Ich lebe von meiner Hände

Arbeit. So wird die Nährmutter Erde unserer Familie ihr täglich Brot geben. Der Großteil des Geldes, das ich anlässlich unserer Hochzeit ausgegeben habe, ist auch von der Feldarbeit erzeugt worden.“

Susanne blieb nichts anderes übrig, als mit ihrem Heinrich zu leben.

Der Mann, die Ziegen und der Panter

Ein Greis hatte fünf Ziegen und einen Panter. Er wollte schon immer in ein anders Dorf umziehen. Eines Tages machte er sich mit seinen Tieren auf den Weg. Als sie an einem brückenlosen Fluss ankamen, nahm er zuerst eine Ziege und den Panter auf die Schultern und brachte sie so zum anderen Ufer hinüber. Dann kam er mit dem Panter zurück. Anschließend trug er den zweiten Wiederkäuer und den Fleischfresser hinüber. Wie beim ersten Mal kam er nur mit dem Letzteren zurück. Auf diese Weise überquerte er den Fluss mit den drei anderen gehörnten Tieren. Er war müde. Er war sauer auf den Panter, denn dieser wog mindestens doppelt so viel wie eine Ziege. Aber er musste jedes Mal das schwerste Tier mit sich nehmen, sonst hätte es die Ziegen gefressen. Der Fleischfresser wiederum war über die Vorsichtsmaßnahme seines Herrschens verärgert.

Der Mann hatte noch drei weitere Flüsse vor sich, und sie waren ebenfalls brückenlos. Er schulterte wieder die erste Ziege und das Fleisch fressende Säugetier und brachte sie zum anderen Ufer hinüber. Anschließend kam er mit dem Panter allein zurück. Bald befanden sich zwei andere Wiederkäuer auf der anderen Seite. Als der alte Mann die vierte Ziege tragen wollte, warf sie zwei Junge. Er beschloss, Letztere zu opfern. Während der Panter die beiden Zicklein fraß, trug der Greis das Muttertier sowie den einzigen Bock der Herde hinüber. Schließlich holte er den Panter ab.

Da das Hin und Her ihn viel Anstrengung kostete, zog er es vor, den langen Weg zu benutzen. So ging er mit

den Tieren die Flüsse entlang, in Richtung der Berge. Nach stundenlangem Marsch kam er endlich am Ziel an. Er war im wahrsten Sinn erschöpft. Nachdem er sich ausgeruht hatte, baute er ein Gehege, sperrte den Panter hinein und sagte zu ihm: „Von nun an wirst du leiden, da ich deinetwegen viel gelitten habe. Zudem hast du unterwegs meine Zicklein gefressen. Wenn ich dir nichts zum Fraß vorwerfe, wirst du krepieren!"
Die Wiederkäuer hingegen durften den ganzen Tag in der freien Natur weiden.

Die elf Frauen

Es war einmal elf Frauen, die in einem Dorf lebten. Die Erste bat die anderen, zusammen mit ihr Reis anzubauen. Sie lehnten ab. Die Frau bestellte das Feld allein und säte es ein. Als die Erntezeit kam, kamen die anderen Damen nacheinander zu ihr und baten sie um Reis. Aber nur neun von ihnen bekamen das Getreide von ihr geschenkt. Sie gab ihnen je ein Kilo. Der letzten Person teilte die Bäuerin mit, dass sie die übrige Reismenge als Saatgut fürs nächste Jahr aufbewahren müsse, und bot ihr stattdessen ihr Sonntagskleid an. Aber die elfte Frau lehnte dieses Angebot entschieden ab und forderte, dass die Bäuerin ihr Reis gab. Diese Forderung wurde sofort zurückgewiesen. Daraufhin brachte die Faulenzerin die arme Bäuerin um und nahm die Reiskörner mit.

Am nächsten Morgen fand ein Winzer die Bäuerin tot auf. Die Neuigkeit verbreitete sich wie ein Lauffeuer. Die Leute fragten sich, wer diese Gräueltat begangen hatte. Der Häuptling ließ die Trommel schlagen, und alle Dörfler eilten herbei. Er sprach: „Wer die Reisbäuerin totgeschlagen hat, der hebe die Hand!“ Da niemand reagierte, führte er seine Untertanen zu einem Fluss.

Am Ufer sagte er ihnen voraus, dass die Wahrheit ans Licht kommen werde. Er stellte eine leere Bratpfanne auf das Wasser, sang ein Lied vor und kam heraus. Das Utensil bewegte sich nicht, als wäre es durch eine unsichtbare Hand gehalten. Nach dem Häuptling ging ein Hirte in den Fluss, blieb vor der Pfanne stehen und sang: „Wenn ich die Reisbäuerin getötet habe, so soll mich die Strömung mit sich tragen.“ Es passierte ihm nichts. Er entstieg dem Wasser. So gingen viele Männer und Frauen nacheinander hinein, sangen und kamen wieder problemlos ans Ufer.

Als die Mörderin an die Reihe kam, trat sie im zögernden Schritt ins Wasser, tastete sich zur Pfanne und sang unter Tränen: „Wenn ich die Reisbäuerin getötet habe, so soll mich die Strömung mit sich tragen.“ Auf einmal schwoll der Fluss an. Das Wasser stand jetzt kniehoch. Die Tränen der Frau flossen direkt in die Pfanne. Das Utensil war schon halb voll. Die Täterin wiederholte das Lied, der Fluss stieg wieder an, sodass das Wasser ihr bis an die Brust reichte. Gleichzeitig füllte sich die Pfanne mit ihren Tränen. Als sie das dritte Mal sang, schwoll der Fluss aufs Neue an und riss sie mit sich fort.

Die Frau, die elf Kinder hatte

Es war einmal eine Frau, die elf Kinder hatte. Sie besaß eine Zauberflasche, die ihr viel Geld gab. Eines Tages ging sie allein zum Feld.
Ein geldgieriges Mädchen, das die Tage mit Nichtstun verbrachte, begab sich zu der Bäuerin und traf deren Kinder zu Hause an. Es fragte den Ältesten, wo ihre Mutter die Flasche versteckt hatte. Er gab ihm zur Antwort, dass er nicht wisse, hierauf schlug es ihn tot. Es stellte neun anderen Kindern dieselbe Frage und bekam dieselbe Antwort. So brachte es sie eins nach dem anderen um. Als es den Letztgeborenen aufforderte, das Behältnis mit schmalem Hals zu holen, sagte dieser, er sei querschnittsgelähmt, es befinde sich unter dem Bett der Mutter. Die junge Dame stürzte ins Schlafzimmer und nahm es. Dann trug sie den Behinderten auf den Hof und ging weg.
Bald kam die Mutter vom Acker und sah das jüngste Kind allein draußen. Sein Gesicht war von Tränen überströmt. Sie fragte es, warum es weine und wo seine Geschwister seien. Es schilderte ihr, was sich ereignet hatte. Als die arme Frau ins Haus trat und die zehn Opfer daliegen sah, sagte sie:
„Gott im Himmel! Warum hat dieses Mädchen meine Kinder hingemordet? Ist es in der Lage, sie ins Leben zurückzuholen? Kann es sich nur einen Augenblick vorstellen, dass ich mehrmals geboren habe und dass keine der Geburten schmerzlos gewesen war? Wenn es sie ins Leben zurückholt, werde ich ihm die Zauberflasche lassen. Ich muss es finden!“
Sie trat auf den Hof und fragte den Querschnittsge-

lähmten, ob er die Mörderin wieder erkennen würde. Er bejahte. Sie trug ihn rittlings und ging von Haus zu Haus. So lief sie das Dorf nach der Täterin ab. Vergebens. Letztere hatte den Ort verlassen. Sie übersiedelte in eine ferne Stadt.

Das Landhaus

Es war einmal ein Mann, der in der Stadt lebte und arbeitete. Er ging in sein Heimatdorf, um ein Haus zu bauen, wo er die Ferien sowie das Wochenende verbringen sollte. Er zog das Haus hoch. Man musste nur noch die Feinarbeiten machen.

Einige Räte des Häuptlings sahen es, rannten zum Palast und informierten ihn darüber, dass eine Person ein Haus baute, das schöner war als das seine. Dazu sagte der Vorsteher, man werde den Besitzer töten, sobald der Bau völlig fertig sein werde.

Eine der Gattinnen des Häuptlings verriet ihn, indem sie dem Städter, der das Landhaus baute, davon in Kenntnis setzte, dass ihr Mann ihn zu eliminieren plante.

An einem Markttag warfen die Dörfler im Vorbeigehen bewundernde Blicke auf das schöne Haus. Der Besitzer sagte zu ihnen: „Geht zum Markt, auf dem Rückweg werdet ihr sehen, dass das Haus völlig fertig ist. Geht nur weiter, ihr werdet schon sehen."

Aber auf dem Nachhausegehen stellten sie zu ihrem größten Erstaunen fest, dass das Haus völlig niedergebrannt war. Während sie auf dem Markt waren, hatte der Städter es in Brand gesteckt und das Dorf verlassen.

Der Pilzsammler

Vor langer Zeit, da gab es einen Mann, der jeden Tag in den Busch ging, um Pilze zu sammeln. Jedes Mal marschierte er aufs Geratewohl, zumal er nach den blumen- und chlorophylllosen Pflanzen suchen musste. Wenn er welche fand, sammelte er sie, trug sie nach Hause, briet und genoss sie allein.

Eines Tages teilte ein Rat dem Häuptling mit, dass es einen Dörfler gab, der Pilze sammelte ohne dem Palast davon abzugeben. Der Häuptling verurteilte das als ein Delikt und verfügte, dass seine Räte den Schuldigen festnehmen und als Sklaven einem fernen Dorf verkaufen.

Diese Honoratioren begaben sich sofort zu dem Pilzsammler. Da sie niemanden zu Hause antrafen, machten sie sich auf den Weg zum Busch. Als sie an einem Fluss ankamen, setzten sie sich ans Ufer und warteten auf den Mann, nach dem sie fahndeten. Wenig später sahen sie ihn kommen und erhoben sich. Er trug eine Tasche voller Pilze auf dem Kopf. Als er die Räte sah, überkam ihn die Ahnung, dass sie ihn dingfest machen wollten. Je mehr er sich dem Fluss näherte, desto größer wurde die Freude der Honoratioren. Sie sahen, wie er am jenseitigen Ufer plötzlich stehen blieb und die Tasche abstellte. Dann fing er an, aufs Wasser zu schauen. Ein Frosch schrie im Fluss: „Quak, quak.“ Daraufhin nahm der Mann eine Hand voll Pilze aus der Tasche und warf sie ihm zum Fraß vor. Die Räte brachen in Gelächter aus, denn sie fanden es komisch, dass man einen Frosch füttert. Das hatten sie nie gesehen. Sie dachten, der Pilzsammler hätte plötzlich den Verstand verloren. Nach einer Weile schrie das amphibische Tier wieder:

„Quak, quak.“

Der Mann sagte zu ihm:

„Soll ich dir alles geben? Na gut, da!“, und warf die Tasche mitsamt den Pilzen ins Wasser.

Die Räte des Häuptlings tauchten nach dem geschätzten Lebensmittel. Während sie schwammen, verdünnisierte sich der einfallsreiche Pilzsammler.

Die Henne und der Falke

Früher lebten alle Vögel in völliger Harmonie miteinander. Sie lebten so bis zum Tag, an dem das Junge des Falken krank wurde. Letzterer ging die Kakerlake holen, die eine berühmte Heilpraktikerin war. Der Raubvogel bat die Ärztin, draußen zu warten, und trat ins Haus. Aber als Ersterer den erkrankten Jungvogel hinaustrug, sah er eine Henne auf dem Hof. Auf die Frage, ob sie die Kakerlake gesehen habe, antwortete sie, dass sie sie soeben getötet und hinuntergeschluckt habe. So starb das Junge des Falken. Da Letzterer einen großen Zorn auf die Henne hatte, ließ er viele Vögel kommen, um über sie zu beraten. Der Sperber sagte, er werde künftig Küken schlagen. Der Adler schwor, dass er mittelgroße Hühner in seine Krallen bekommen werde. Was den Geier betrifft, er versprach, dass er sogar das Aas einer Henne fressen werde. Der Falke selbst versicherte, dass er Hennen und alle Vögel, die ihnen ähnlich sehen, erbeuten werde. Unter den anwesenden Vögeln gab es einen, der eher Partei für die Henne ergriff. Er hieß Ndukup. Er sagte, er werde all diejenigen verraten, die sich gegen die Henne ausgesprochen haben. Wegen der Kakerlake spalteten sich die Vögel in zwei Lager.

Seitdem schützt Ndukup die Henne vor den Greifvögeln. Wenn er auf einem Ast sitzt und einen von ihnen kommen sieht, ruft er, und die Henne und die Küken verstecken sich sofort.

Die Schildkröte und der Feldhase

Vor vielen Jahren, da lebte ein Feldhase allein. Er litt infolgedessen unter der Einsamkeit. An einem Sonntagnachmittag lernte er eine Schildkröte kennen und schloss gleich die Freundschaft mit ihr. Er fragte, ob sie Lust habe, mit ihm Himbeeren pflücken zu gehen. Sie antwortete mit ja. Die beiden Freunde machten sich also auf den Weg. Am Anfang hielt der Hase Schritt mit der Schildkröte, aber irgendwann fand er das langweilig, ging schneller und ließ sie hinter sich. Er drehte sich nach ihr um und sagte: „Beeil dich!“ Die Schildkröte antwortete, sie könne nicht schneller gehen, sie sei von Natur aus langsam. Während sie auf dem Pfad marschierten, zündete jemand den Busch an. Als der Nager mit langen Ohren sich ein zweites Mal umdrehte, sah er, wie die Flammen sich näherten. Er informierte seine Freundin darüber und forderte sie noch einmal auf, ihre Schritte zu beschleunigen. So sehr sie sich auch bemühte, ihre Geschwindigkeit änderte sich nicht. Bald holte das Buschfeuer das langsame Reptil ein, es verbrannte bei lebendigem Leibe. Sein Bauch platzte. Der Feldhase dagegen floh vor dem Brand.

Nachdem er einen Fluss überquert hatte, setzte er sich und dachte unter Tränen: ‚Arme Schildkröte, ich habe dich vor der Gefahr gewarnt, du hast mir gesagt, dass du deine Gangart nicht ändern kannst. Jetzt bist du tot.‘ So beendete der Tod eine Freundschaft, die kaum begonnen hatte. Er ließ den Feldhasen wieder in Einsamkeit versinken.

Der Spaziergänger und das Krokodil

Es war einmal ein Mann, der allein lebte. Eines Tages, als das Wetter schön war, ging er spazieren. Als er sich einem Fluss näherte, sah er ein Krokodil am Ufer, das faul in der Sonne lag. Das Reptil sagte zu dem Mann, es sei krank, und bat ihn, ihm ins Wasser zu helfen. Der Gute bekam Mitleid mit ihm, nahm es auf die Schulter und trat in den Fluss. Als er im Begriff war, es abzustellen, sagte das Tier unter Tränen: „Wenn du mich hierher absetzt, wird es mir schwer fallen, mich fortzubewegen. Bitte, geh zwei Schritte vorwärts." Der Mann erfüllte ihm den Wunsch. Das Wasser ging ihm bis zur Hüfte. Er wollte es schon in den Fluss lassen, als es wieder zu weinen anfing und ihn anflehte, noch einen Schritt nach vorn zu treten. Nach kurzem Besinnen erfüllte er ihm auch diese Bitte. Jetzt reichte das Wasser bis an den Nabel. Er stand mitten im Flussbett. Nachdem er das Krokodil ins Wasser geworfen hatte, hörte er es zu seinem größten Entsetzen sagen:

„Du hast mich zwar ins Wasser gebracht, aber du hast mir nichts zu fressen gegeben. Ich werde dich verschlingen!"

„Ich habe dir geholfen. Warum willst du mich fressen?", fragte der Spaziergänger, der vor Angst wie angewurzelt stehen blieb.

Das große Reptil antwortete:

„Ich habe einen Bärenhunger", und öffnete sein riesiges Maul.

Daraufhin stieß der Mann einen Entsetzensschrei aus. Ein Feldhase, der oben auf dem Hügel war, vernahm den Laut und rannte den Hang herunter.
„Was ist hier los?“, fragte er, als er den Mann und das Krokodil im Wasser sah.
„Dieser Mensch hat mir nichts zu fressen gegeben“, antwortete das Reptil.
Der Mann wiederum beschwerte sich beim Hasen.
„Ich war auf einem Spaziergang. Im Vorbeigehen habe ich dieses Krokodil am Ufer gesehen. Es hat mich um einen Gefallen gebeten, ich habe ihn ihm erwiesen, und jetzt will es mich verschlingen!“
„Welchen Dienst hast du ihm denn erwiesen?“, wollte der Feldhase wissen.
„Ich habe es in den Fluss getragen“, antwortete der Spaziergänger.
Als der Feldhase das hörte, brach er in lautes Gelächter aus. Nach einer Weile sah er den Mann hocherstaunt an und sagte:
„Bist du sicher, dass du derjenige bist, der dieses riesige Krokodil ins Wasser getragen hat?“
„Ja“, beteuerte der Spaziergänger.
„Stimmt es, dass dieser Mensch dich getragen hat?“, erkundigte sich der Feldhase beim Krokodil.
„Ja, er hat mich in den Fluss gebracht“, bestätigte das Reptil.
„Wenn das wahr ist, dann möchte ich es mit eigenen Augen sehen. Trage dieses schwere Krokodil noch einmal, damit ich das mit eigenen Augen sehen kann“, forderte der Feldhase den Mann auf.
Letzterer nahm das Reptil im Nu auf die Schulter und entstieg dem Wasser mit ihm.

„So hast du es getragen?“, fragte der Feldhase.

„Ja“, antwortete der Spaziergänger lapidar.

Der Feldhase riet ihm, er solle noch ein paar Schritte machen, und fügte hinzu, er wolle sehen, ob er nicht unter dem Gewicht des Riesen zusammenbrechen werde. Der Mann trat drei Schritte nach vorn und blieb stehen. Da sagte der Feldhase zu ihm:

„Geh nur weiter, das Krokodil ist deine Beute. Guten Appetit im Voraus!“

So trug der Spaziergänger das Krokodil nach Hause. Nachdem seine Nachbarn ihm geholfen hatten, es zu töten und zu enthäuten, teilte er das Fleisch mit ihnen.

Die Schildkröte, die Giraffe und die anderen

Vor langer Zeit, da trafen sich die Schildkröte, der Elefant, der Panter, der Affe, das Wildschwein, die Antilope, das Zebra, das Stachelschwein, der Igel, die Feldmaus, die Manguste und die Hyäne zum Wandern. Das Wetter war prächtig. Sie machten sich auf den Weg. Der Elefant, der das stärkste Tier war, marschierte am Schluss des Zuges. Als sie an einem brückenlosen Strom ankamen, wussten sie nicht, wie sie vorgehen sollten, um ihn zu überqueren. „Mir wird schon etwas einfallen“, behauptete die kleine Schildkröte.

Tatsächlich legte sie zehn Minuten später dem Elefanten nahe, sie alle hinüberzutragen. Daraufhin kniete sich der Riese. Einige Tiere stiegen auf seinen Rücken, während andere sich an seine Stoßzähne und seinen Rüssel klammerten. Er stand auf und beförderte sie hinüber. Nachdem er sie am jenseitigen Ufer abgesetzt hatte, machten alle ein Nickerchen, bevor sie die Wanderung fortsetzten.

Nach einer Viertelstunde begegneten sie einer Giraffe. Alle Wanderer bis auf die Schildkröte beschlossen, das Tier mit dem sehr langen Hals totzuschlagen und zu fressen. Das Reptil, dessen Körper von einem Panzer umgeben war, schlug sich auf die Seite des Fremden und forderte die anderen Tiere heraus:

„Ihr seid zahlenmäßig überlegen, aber wir beide werden euch eins nach dem anderen ins Jenseits befördern. Wenn einer von euch mutig wäre, würde er auf diesen Baum klettern.“

Der Affe, der zeigen wollte, dass er der kühnste Gegner war, fing an, auf den Baum zu steigen, der dort war. Die Schildkröte flüsterte der Giraffe etwas zu. Als der Affe im Begriff war, den ersten Ast zu fassen, schlug ihn die große Giraffe mit dem Kopf, und er fiel vom Baum und starb auf der Stelle. Die anderen Tiere ergriffen sofort die Flucht.

Sie bereiteten einen Plan vor, um sich an ihren Feinden zu rächen. Am nächsten Tag machten sie sich auf den Weg. Die Schildkröte hatte geahnt, dass sie wiederkommen würden. So versteckte sie sich mit der Giraffe hinter einem Strauch am Pfadrand. Der Elefant und die anderen kamen aus dem Wald und nahmen einen Pfad, der durch die Savanne führte. Die Schildkröte hörte sie kommen und stieg auf den Kopf der Giraffe. Bald sahen sie ihre Feinde vorüberziehen. Das Reptil mit dem Panzer gab der Giraffe ein Zeichen, diese hob den Kopf und es sprang unbemerkt auf den Rücken des Elefanten, zumal Letzterer am Ende des Zuges marschierte. Die Schildkröte, die mit allen Wassern gewaschen war, kroch zum Hinterteil des Elefanten, drang in seinen Bauch ein und schnitt ihm den Darm mit den Zähnen. Der Riese brach tot zusammen. Die anderen Verschwörer drehten sich um und sahen ihn daliegen. Ihnen fielen die Augen fast aus dem Kopf. Aber als sie die Schildkröte aus dem Anus des Opfers herauskommen und die Giraffe gleichzeitig hinter dem Busch hervortreten sahen, flohen sie panikartig.

Die Schildkröte, die Henne und der Panter

Es war einmal eine Schildkröte und eine Henne, die unter einem Dach lebten. Eines Tages einigten sie sich darauf, Raphiawein holen zu gehen. Aber keiner wollte die Ballonflasche tragen. Während sie miteinander stritten, sahen sie einen Panter vorbeigehen. Sie riefen ihn und sagten ihm, dass sie ihn belohnen würden, wenn er die Flasche trage. Er nahm das Angebot an. Alle drei machten sich auf den Weg. Nach einer halben Stunde fragte der Träger, ob es noch weit bis zum Feld sei.
„Nein“, gab man ihm zur Antwort.
Sie marschierten weiter. Zwanzig Minuten später waren sie immer noch nicht angekommen. Da regte sich der Panter über die Schildkröte und die Henne auf.
„Ihr habt doch gesagt, dass es nicht mehr weit sei!“
„Wir haben dich nicht belogen, denn wir werden in Bälde am Zielort eintreffen“, erwiderte man ihm, um ihn zu besänftigen.
Er trug die Flasche weiter. Aber eine Viertelstunde später wollte er sie abstellen und rasten. Da alle Tiere sich damals vor dem Elefanten fürchteten, sagten die Schildkröte und die Henne zu dem Träger: „Da kommt ein Elefant!“ Alle drei fingen an zu laufen. Als sie an einem Teich ankamen, blieben sie stehen, denn der Lauf hatte ihnen den Atem geraubt. Die Henne und die Schildkröte gingen zuerst ins Wasser und tranken. Dann trübten sie den Teich und sagten zu ihrem Begleiter, dass nur schmutziges Wasser ihm Kraft verleihen könne. Letzterer war leichtgläubig. Nachdem er getrunken hatte, setzte man die Reise fort. Die drei

Tiere marschierten lange. In Höhe einer Kreuzung blieb der Panter plötzlich stehen und sagte, er wolle nach Hause zurückgehen.
„Warum willst du zurückgehen? Du bist doch der Stärkste von uns", versuchte man ihm zu schmeicheln. Aber dieses Argument konnte ihn nicht umstimmen. „Mir tun die Beine weh, ich habe keinen anderen Wunsch, als kehrtzumachen", drohte er.
Er meinte es ernst. Denn er stellte die Ballonflasche ab. Als er im Begriff war, sich umzudrehen, sagte ihm die Schildkröte:
„Geh nicht weg! Wenn du die Flasche weiterträgst, werden wir dir mehr Geld geben als zunächst versprochen."
Mit diesen zuckersüßen Worten traf die Schildkröte ins Schwarze, denn der Panter trug den Behälter wieder. Als sie endlich am Ziel ankamen, bat man das Fleisch fressende Säugetier, das Getränk in die Flasche zu füllen, es tat es schnell und man belud es damit. Allerdings sagte man ihm, es solle zusehen, dass kein Tropfen Wein auf den Boden fällt.
Die drei Tiere machten sich auf den Rückweg. Ausgerechnet als sie sich der Hütte näherten, wo die Schildkröte und die Henne wohnten, stolperte der Träger über einen Stein, und eine kleine Menge Wein fiel auf den Boden. Daraufhin teilten ihm seine Arbeitgeber mit, dass sie ihm deswegen kein Geld mehr geben werden. Er wurde zornig und sagte, er werde sie zu Brei schlagen.
„Was? Glaubst du, dass du stärker bist als wir, hä? Wir werden dir zeigen, was eine Harke ist! Schaufeln wir

eine Grube aus! Jeder wird darüber springen!“, entgegneten sie ihm.
Er nahm die Herausforderung an. Sie holten eine Schaufel und hoben das Loch damit aus. Die Schildkröte schlug vor, dass man der Reihe nach springt. Als die anderen sich zustimmend äußerten, sagte sie, sie werde als Letzte springen. Sie gab der Henne ein Zeichen, diese nahm Anlauf, flog und landete auf der anderen Seite. Jetzt war der Panter dran. Die Schildkröte gab ihm ein Zeichen. Er setzte zum Sprung an, sprang und fiel in die Grube hinein. Seine Gegner begruben ihn lebendig und schoben die Ballonflasche in die Hütte.

Die Schildkröte und das Stachelschwein

Eines Tages gingen die Feldmaus und das Stachelschwein Wasser holen. Unterwegs begegneten sie einer Schlange, die sie schlucken wollte. Das Stachelschwein bat die Feldmaus, das Reptil am Kopf zu packen.
„Nein! Du bist derjenige, der sie angreifen kann, denn dein Körper ist mit Stacheln bewaffnet“, entgegnete sie ihm.
Das Stachelschwein ging auf die Schlange los. Letztere schluckte es, aber es blieb ihr in der Kehle stecken. Die Maus lief in Richtung Dorf. Unterwegs traf sie auf die Schildkröte, die eine Machete in der Hand hielt, und setzte sie von dem Zwischenfall in Kenntnis. Dann führte sie sie zu dem Ort, wo die Schlange war. Letztere versuchte vergeblich, das Stachelschwein auszuspucken. Die Schildkröte legte der Feldmaus nahe, die Beute aus der Kehle des langen Reptils herauszupressen. Doch als der Nager sich ihm näherte, wickelte es sich um ihn. Da zog die Schildkröte ihre Machete und schlug ihm den Schwanz durch. Hierauf ließ es die Maus los. Gleichzeitig zischte es und spuckte das zweite Opfer aus. Während die Schlange sich vor Schmerz verzog, dankte das Stachelschwein der Schildkröte für ihre Hilfe und begab sich aus dem Ort fort. Die Feldmaus nahm ihren 5 -Liter-Kanister zur Hand, und das Tier mit dem Panzer begleitete sie zum Fluss.
Kaum hatten sie Wasser geschöpft, als sie das verletzte Reptil kommen sahen. Es blieb ihnen nichts anderes übrig, als das Weite zu suchen. Das taten sie auch.

Unterwegs stießen sie auf die Giraffe und beschwerten sich bei ihr über die Schlange. Der Wiederkäuer mit langen Beinen eilte zum Fluss ohne zu zögern. Am Ufer spreizte er die Vorderbeine, senkte den Kopf und tat, als ob er trinken würde. Die Schlange erblickte ihn, kletterte vom Baum herunter, kroch heran und wickelte sich um seinen Hals. Auf einmal schüttelte die Giraffe ihren langen Hals und stieß dadurch die Angreiferin gegen den Baum an. Aber eine andere Schlange tauchte urplötzlich aus dem Wasser und wickelte sich um der Giraffe Bein. Es gelang den beiden Reptilien, das Säugetier in den Fluss zu ziehen. Da es nicht schwimmen konnte, fraßen ihm die großen Fische zwei Beine. Bald trafen die Schildkröte und die Feldmaus am Fluss ein. Sie sahen, wie die Giraffe um sich schlug und um Hilfe rief. Sie eilten sofort zum Dorf, um die anderen Einwohner davon zu benachrichtigen. Diese liefen schnell zum Fluss, zogen die Amputierte daraus und brachten sie nach Hause zurück. Auf die Frage, was man für sie tun könne, antwortete sie unter Tränen, dass sie keinen anderen Wunsch habe, als zu sterben. Sie hatte sich der Verzweiflung hingegeben. Blut rann aus ihren Wunden. Es schmerzte die Umstehenden, dass sie so leiden musste.

Plötzlich stürmte das Stachelschwein herein und fragte die Umstehenden, warum sie so traurig aussahen. Sie schilderten ihm, was geschehen war. Es schlängelte sich durch die Menge, sah die verletzte Giraffe auf dem Boden und behauptete, dass es in der Lage sei, sie von ihren Verletzungen zu heilen. So schaffte man sie zu ihm. Es sagte den Trägern, sie sollen die Patientin frühestens in drei Tagen besuchen kommen. Nachdem

die Träger weggegangen waren, amputierte es der Giraffe die zwei anderen Beine, zerstückelte und warf sie den Fischen zum Fraß vor, die es in einem Teich züchtete, der vor seinem Haus lag. Am darauf folgenden Tag tötete es das hilflose Tier, zerlegte es, fraß einige Stücke davon und fütterte seine Fische mit dem Rest.
Als die Schildkröte, die Wühlmaus und die anderen Dörfler am dritten Tag die Giraffe besuchen kamen, teilte ihnen das Stachelschwein mit, dass sie ihren Verletzungen erlegen sei. Sie baten es, ihnen die Leiche zu zeigen. Da antwortete es ruhig, dass es sie in den Fluss geworfen und dass die Strömung sie mit sich gerissen habe. Die Schildkröte war die Einzige, die ihm kein Wort glaubte.
Eine Woche später ging sie in den Busch. Dort stach sie sich absichtlich ein Messer in die Pfote. Dann zog sie es daraus und versteckte es im Gras. Zehn Minuten später sahen sie die Dörfler heulend zurückkommen. Auf die Frage, was ihr passiert sei, antwortete sie, eine Giftschlange habe sie in die Pfote gebissen. Sie bat die Dörfler, sie zum Arzt zu schaffen. Sie wurde also unverzüglich zu dem Stachelschwein gebracht.
„Die Pfote muss amputiert werden“, sagte der angebliche Arzt zu ihr.
„Weshalb?“, wollte die Schildkröte wissen.
„Es gibt nur diesen Weg, um dein Leben zu retten“, behauptete das Stachelschwein und nahm gleich ein Messer zur Hand.
Als es sich anschickte, sich ans Werk zu machen, entriss ihm die Schildkröte das scharfe Instrument und schmiss es hinaus. Da das Stachelschwein sich in seinem Selbstwertgefühl gekränkt sah, forderte es die

Schildkröte zum Duell heraus. Sie maßen sich zunächst mit Blicken. Dann prügelten sie sich zwei Stunden. Es stellte sich heraus, dass die beiden Gegner an Kraft ebenbürtig waren. Am Ende musste die Schildkröte das Messer holen und dem Stachelschwein den Hals abschlagen. Dann ging sie zu den anderen und teilte ihnen mit, dass sie soeben den Lügner beseitigt habe, der die Giraffe ermordet hatte.

„Willst du damit sagen, dass das Stachelschwein die Giraffe getötet hatte?“, fragte man sie gleich.

„Genau!“, versicherte die Schildkröte.

„Das ist nicht wahr! Du bist selber eine Lügnerin!“, warf man ihr an den Kopf.

„Da ihr mir nicht glauben wollt, gehen wir zum Zauberer“, forderte sie die Dörfler auf.

Als sie beim Zauberer ankamen, stellte er eine Wanne auf den Boden, schüttete Wasser hinein und sagte, sie sollen der Reihe nach hineinsehen. Jeder von ihnen sah das Spiegelbild des Stachelschweins darin. Man gab der Schildkröte Recht.

Alle Dörfler liefen zu der Hütte, wo das Stachelschwein gewohnt hatte, trugen seine Leiche zum Fluss und warfen sie den großen Fischen zum Fraß vor. Anschließend gingen sie zum selben Haus zurück, wo jeder von ihnen einen Fisch im Teich fing und ihn mitnahm.

Das Kaninchen und der Igel

Eines Vormittags, als der Igel an einem Feld vorbeiging, sah er ein Kaninchen mit dessen Jungen und bot ihm seine Dienste an. Er sagte nämlich, er möchte ihm helfen, den Acker zu bestellen. Das Kaninchen nahm das Angebot ohne Zögern an. Nachdem es seine Kleinen gesäugt hatte, stellte es sie in einen Korb, der unter einem Baum war. Dann führte es den Gast zu der Stelle, die bearbeitet werden sollte. Beide fingen an, das Feld zu furchen. Doch nach zehn Minuten hielt der Igel inne und sagte, dass er Wasser lassen gehen wolle. Er ging zunächst im Schneckentempo bis zum Baum, dann trug er den Korb mitsamt den jungen Kaninchen und rannte weg.

Nach zehn Minuten rief Mutter Kaninchen zweimal nach ihm. Da niemand antwortete, machte sie sich auf die Suche. Aber als sie den Baum erreichte, stellte sie zu ihrem größten Erstaunen fest, dass ihre Jungen verschwunden waren. Sie wusste nicht, wo der Igel wohnte. Sie marschierte aufs Geratewohl los.

In Höhe einer Kurve begegnete sie einem Mann, der einen Kanister in der Hand hielt, und sprach ihn an: „Weinbauer oho, Weinbauer oho, hast du den Igel gesehen? Er hat meine schönen Jungen entführt!“ „Nein. Aber einen Kilometer von hier entfernt wirst du eine alte Frau auf ihrem Feld sehen“, antwortete der Winzer.

Das Kaninchen ging weiter. Fünf Minuten später sah es die Greisin und sagte zu ihr:

„Bäuerin oho, Bäuerin oho, hast du den Igel gesehen? Er hat meine schönen Jungen entführt!“
Die alte Frau kannte das Haus des Igels. Sie sagte dem Muttertier, wie es dorthin kommen konnte. Als es eine halbe Stunde später dort ankam, traf es den Entführer beim Kochen an.
„Du hast behauptet, dass du urinieren gehen wolltest, und bist nach Hause gekommen“, warf es ihm gleich vor.
„Nachdem ich gepinkelt habe, hat mich Müdigkeit überkommen“, schützte das stachelige Tier vor.
Das Kaninchen sagte:
„Ich muss zum Feld zurückgehen“, und stand auf.
„Das Mittagessen ist bald fertig. Kannst du nicht warten?“, lud es der Igel ein.
„Na ja, ich werde mit dir essen“, antwortete das Kaninchen und setzte sich wieder hin.
Zehn Minuten später war das Essen fertig. Es handelte sich um Jamswurzeln. Als der Igel dem Kaninchen die Speise vorsetzte, fragte dieses, ob sie zu stark gewürzt sei. Der Koch antwortete mit nein.
„Ich kann kein Gericht zu mir nehmen, das nicht zu scharf ist. Würdest du mir die Freude machen, mir Paprikaschoten zu mahlen?“, sagte das Kaninchen. Nach fünf Minuten stellte der Igel den gemahlenen Pfeffer vor es. Das Würzmittel war in einer Schüssel, diese war halb voll. Plötzlich nahm das Kaninchen eine Hand voll davon und klatschte sie dem Igel in die Augen. Letzterer fiel in Ohnmacht. Das Muttertier holte einen Stößel in der Ecke und schlug ihm damit auf den Kopf. Dann brach es die Schlafzimmertür auf, band seine Jungen los und ging mit ihnen weg.

Das entführte Kind

Eines Morgens gingen eine Frau und ihr Sohn zum Feld. Nachdem sie drei Stunden gearbeitet hatten, sagte das Kind, dass es hungrig sei. Die Mutter gab ihm einen Korb Jamswurzeln und schickte es nach Hause, damit es das Essen kochte. Es machte sich sofort auf den Rückweg.

Aber eine Viertelstunde später sah es ein Erdnussfeld, ging dorthin, riss viele Erdnüsse heraus, setzte sich und aß so viel, dass es ihm unmöglich war, aufzustehen. Es legte sich hin und schlief ein paar Minuten später ein.

Der Bauer, dem der Acker gehörte, kam und fasste den Dieb. Anschließend brachte er ihn zu sich. Dort ließ er ihn wissen, dass er einem Geheimbund angehörte, in dem es nur Kannibalen gab. Diese Worte ließen den Jungen schaudern. Der Mann fesselte ihn an einen Stuhl, schloss ihn im Haus ein und ging die anderen Sektenmitglieder holen.

Schließlich brach das Kind in Tränen aus. Plötzlich hörte es eine Maus an etwas nagen. Es bat sie, es loszubinden. Das kleine Tier erbarmte sich des Jungen, näherte sich ihm und nagte das Seil, bis es abriss. Auf diese Weise befreite es den Jungen. Letzterer dankte ihm für seine Hilfe und kletterte aus dem Fenster hinaus.

Die Ente auf dem Weg zum Markt

An einem Samstagmorgen nahm die Ente ihre Einkaufstasche und ging in Richtung Markt. Unterwegs begegnete sie einem Ei.

„Wohin des Weges?“, wollte es wissen.

„Ich gehe auf den Markt“, antwortete die Ente.

„Kann ich dich dorthin begleiten?“, frage das Ei.

„Wenn du willst“, sagte der Schwimmvogel.

Das Ei folgte ihm. Wenig später begegnete er einer Nadel.

„Wohin des Weges?“, fragte sie ihn.

„Ich gehe einkaufen“, antwortete er.

„Kann ich mit dir mitgehen?“

„Wenn du willst.“

Da fing die Nadel an, der Ente hinterherzuhüpfen. Zehn Minuten später sah Letztere einen Löwen.

„Wo gehst du hin?“, fragte die Raubkatze.

„Ich bin auf dem Weg zum Markt“, antwortete die Ente.

„Kann ich dich dorthin begleiten?“

„Wenn du willst.“

Der Löwe schloss sich der Ente, dem Ei und der Nadel an. Sie gingen im Gänsemarsch. Als sie eine Viertelstunde später an einer Hütte vorbeigingen, stellten sie fest, dass die Tür sperrangelweit offen stand. Sie begaben sich hinein. Die alte Frau, die dort wohnte, war nicht zu Hause, sie war zum Feld gegangen. Das Ei sagte:

„Ich möchte, dass man mich isst“, und legte sich an die Feuerstelle.

Die Ente ihrerseits sagte:

„Ich möchte ein Bad nehmen“, und stieg ein eine Wanne, die voller Wasser war.
Was die Nadel betrifft, sie schrie:
„Ich möchte, dass man mich benutzt, um zu stricken.“
Daraufhin sprang sie in einen Stoff. Schließlich sagte der Löwe in wütendem Ton:
„Ich bin hungrig und möchte Menschenfleisch fressen!“
Nachdem er das gesagt hatte, versteckte er sich hinter der Tür.
Bald kam die Greisin vom Feld mit einem Reisigbündel auf dem Kopf. Sie stellte die Last ab, zündete das Feuer an, legte das Ei in einen Topf, goss Wasser hinein und setzte ihn auf. Doch nach ein paar Minuten barst das Ei und klatschte der armen Frau ins Gesicht. Sie sprang vom Hocker hoch und tastete sich zur Wanne. Aber als sie sich das Gesicht waschen wollte, hackte die Ente nach ihr. Da nahm sie den Stoff zur Hand. Doch als sie sich das brennende Ei vom Antlitz abwischen wollte, stach sie die Nadel. Angesichts dieser Situation dachte sie, es wäre am besten, das Haus zu verlassen. Aber beim Hinausgehen geriet sie in die Krallen des Löwen, der sie tötete und verschlang.

Der Löwe und der Panter

Früher war der Löwe mit dem Panter gut befreundet. Wenn der eine ein Tier erbeutete, teilte er das Fleisch mit dem anderen. Manchmal zogen sie zusammen zur Jagd. Eines Tages, während sie auf einem gestampften Pfad marschierten, fragte der Löwe seinen Freund:

„Welche Sorte Tier benutzt diesen Pfad, damit er so hart ist?“

Der Panter antwortete, dass es Menschen seien, die jeden Tag darauf traten, und fügte hinzu, dass er sie ihm zeigen werde.

Am darauf folgenden Tag versteckten sie sich im Gras am Pfadrand. Wenig später sahen sie eine Frau kommen, die einen Korb auf dem Kopf trug. Der Löwe fragte den Panter, ob sie ein Mensch sei. Der Freund antwortete mit nein. Die Dame zog an ihnen vorbei und verschwand drei Minuten später aus dem Blickfeld. Bald sahen die beiden Tiere einige Kinder vorüberziehen, die Wasserkanister in Händen hielten. Der Löwe fragte seinen Freund im Flüsterton, ob es sich um Menschen handele.

„Nur Geduld, du wirst in Bälde Menschen sehen“, sagte sein Gesprächspartner.

Die Kinder waren auf dem Weg zum Fluss.

Nach einer Viertelstunde wurde der Panter eines Mannes gewahr, der eine Flinte über die Schulter gehängt trug. Ersterer sagte:

„Da kommt ein Mensch!“, und ergriff die Flucht.

Der Löwe, der voller Neugierde war, streckte den Kopf aus dem Gras. Als der Jäger ihn sah, feuerte er einen

Schuss ab, aber verfehlte ihn. Der Knall machte dem Löwen große Angst. Er floh auch vor der Gefahr, und kündigte dem Panter die Freundschaft

Die Schildkröte und der Panter

Es war einmal ein Panter, der die Ziegen in einem Dorf zu verschlingen pflegte. Eines Morgens band die Schildkröte das einzige Zicklein, das sie besaß, an einem Strauch fest und machte sich anschließend auf den Weg zum Feld. Die Dorfbewohner, denen sie unterwegs begegnete und denen sie erzählte, dass sie ihr Kitz im Busch gelassen hatte, warnten sie vor dem Panter. Aber diese Warnungen ließen das Tier mit dem Panzer kalt, denn es ging weiter. Auf dem Acker jätete es Unkraut.
Um drei Uhr nachmittags machte es sich auf den Heimweg. Als es die Stelle erreichte, wo es seine junge Ziege festgebunden hatte, fand es nichts anderes als Blut auf dem Boden und auf dem Gras. Da wusste es, dass der Panter sie inzwischen zur Strecke gebracht hatte. Gleich nachdem es zu Hause angekommen war, bat es seine Frau, einige Kürbiskerne zu schälen, was sie sofort tat. Dann sagte es ihr, sie solle den Schmutz von den Schalen entfernen. Sie reinigte sie mit Wasser, bis sie ganz weiß waren. Es nahm sie eine nach der anderen und befestigte sie an seinen Zähnen mit Hilfe der klebrigen Substanz eines bestimmten Baums. Als es damit fertig war, kroch es hinaus.
Zwanzig Minuten später stieß es auf den Panter und lächelte ihm zu. Als Letzterer die strahlenden Zähne der Schildkröte sah, betrachtete er sie voller Bewunderung.
„Wo hast du diese schönen Zähne genommen?“, fragte er nach einer Weile.

„Wenn du willst, kann ich deine alten Zähne durch neue ersetzen“, schlug die Schildkröte vor.
„Ja, ich will!“, sagte der Panter mit Begeisterung.
Die Schildkröte machte einen Termin mit ihm aus und sagte ihm, er solle vier Nägel mitbringen. Sie ging weg und bat alle Dörfler, sich am nächsten Morgen am Dorfplatz zu sammeln. Der Panter konnte es kaum erwarten, neue Zähne in seinem Maul zu haben.
Im Morgengrauen kam er als Erster am bestimmten Ort an. Wenig später traf die Schildkröte mit einem Barhocker und einem Hammer ein. Der Panter reichte ihr die erforderlichen Nägel, und beide Tiere warteten auf die Dörfler. Diese strömten bald von überall her. Die Schildkröte stellte den Hocker unter den Affenbrotbaum, der dort war, und forderte den Panter auf, sich darauf zu setzen. Nachdem der Patient Platz genommen hatte, bat das Reptil mit dem Panzer einen Dörfler, es zu tragen. Man nahm es auf die Schulter. Es sagte zu dem Panter, er solle die linke Vorderhand heben. Nachdem er das Bein gehoben hatte, nagelte es die Schildkröte an den Baum. Als sie ihren Patienten bat, die zweite Vorderhand zu heben, protestierte er dagegen mit dem Argument, dass das Hämmern schmerzvoll war. Da wurde die Schildkröte wütend und drohte ihm die Zahnung nicht mehr zu ersetzen. Angesichts dieser Situation fasste er sich ein Herz und flehte das Kriechtier an, weiterzuarbeiten. Er biss also die Zähne zusammen, und es nagelte das zweite Bein an. Als es wieder festen Boden unter den Füßen hatte, ließ es den Hocker entfernen, und nagelte auch die Hinterbeine des Panters an den großen Baum. Dann sah es zu ihm hinauf und sagte zu ihm:

„Mein lieber Freund, gestern verschlangst du mein Zicklein, und Gott weiß, wie viele Ziegen du davor in diesem Dorf in den Bauch gekriegt hast. Deshalb habe ich beschlossen, dich zu bestrafen. Mit dem Diebstahl ist es aus!"

Die Zuschauer applaudierten der Schildkröte, sprachen ihr ihren Dank aus und trugen sie wie eine Heldin nach Hause.

Eine Woche später krepierte der genagelte Panter. Bald verweste sein Kadaver, und die Geier fraßen ihn.

Jeder Dörfler machte der Schildkröte ein Geschenk.

Die zwei Waisen und die Meerjungfrauen

Vor geraumer Zeit lebte eine vierköpfige Familie in einem Dörfchen. Eines Tages starb die Mutter. Ihr Tod schmerzte ihren Mann so sehr, dass er keine Freude mehr am Leben hatte. Eines Abends erhängte er sich in seinem Zimmer. Seinen beiden Söhnen vererbte er ein ausgedehntes Feld, wo es Getreide, Knollen sowie Obstbäume gab.

Eines Morgens ging der Ältere hin, um Lebensmittel zu ernten. Dort sah er ein schönes Mädchen. Als es ihn auch erblickte, fing es an zu laufen. Der Junge setzte ihm nach. Nach fünf Minuten erreichte es einen breiten Fluss und machte einen Kopfsprung ins Wasser. Als die Waise am Ufer ankam, blieb sie zunächst stehen, dann tauchte sie nach ihm. Plötzlich standen alle beide in einem Haus. Einige ältere Personen, die Angehörige des Mädchens waren, ließen sich sehen, gaben dem Fremden Fleisch und sagten ihm, er solle am nächsten Tag das Mädchen zeigen, das er verfolgt hatte. Dann verschwanden sie mit der jungen Frau. Während der Neuankömmling Fleisch aß, kam ab und dann eine Katze und bat ihn darum, ihr ein Stück davon abzugeben. Leider trat er sie jedes Mal.

Um acht Uhr morgens stellten sich viele Mädchen auf den Hof, die sich täuschend ähnlich sahen. Die Alten riefen die Waise heraus und forderten sie auf, das Mädchen zu zeigen, das sie am Vortag auf dem Feld gesehen hatte. Sie deutete mit dem Finger auf eins von ihnen, aber man teilte ihr mit, dass sie sich getäuscht habe. Man tötete sie.

Am darauf folgenden Tag begab sich ihr kleiner Bruder aufs Feld. Dort sah er auch ein hübsches Mädchen und verfolgte es. Sie gingen nacheinander ins Wasser und standen wenig später in einem Wohnzimmer. Einige Angehörige des Mädchens erschienen, gaben der Waise zu essen und ließen sie wissen, dass sie sie am nächsten Tag bitten würden, es ihnen zu zeigen. Der Junge antwortete mit einem Nicken. Seine Gesprächspartner verzogen sich mit dem reizenden Mädchen. Die Waise fing an zu essen. Nach ein paar Minuten kam eine Katze und sagte ihr, dass sie Hunger habe. Der Junge warf ihr ein Stück Fleisch vor. Nachdem sie es gefressen hatte, vertraute sie dem Fremden an, dass sie ihm am nächsten Morgen helfen werde. Dann tauchte sie ab.

Zwei Stunden nach Sonnenaufgang stellten sich ungefähr dreißig Mädchen auf den Hof, die einander ähnlich waren. Sie standen nämlich Schulter an Schulter. Die Alten ließen den Jungen kommen und sagten, er solle das Mädchen zeigen, das er verfolgt hatte. Er betrachtete alle jungen Frauen. Nach fünf Minuten war er nicht in der Lage, das Mädchen wieder zu erkennen, um das es ging. Als man das Schwert zog, um ihm den Kopf abzuschlagen, sah er, wie die Katze durch die Beine von einem der Mädchen schlüpfte. Ohne Zögern zeigte er mit dem Finger auf es, und man gab es ihm zur Frau.